精雕细琢为匠人，

精益求精怀匠心，

追求卓越成匠魂。

"大国工匠人物传"丛书

李万君

焊接高铁的『工人院士』

訾波◎著

中国工人出版社

图书在版编目（CIP）数据

李万君：焊接高铁的“工人院士”/訾波著. —
北京：中国工人出版社，2024.4
ISBN 978-7-5008-8413-2

Ⅰ.①李… Ⅱ.①訾… Ⅲ.①传记文学－中国－当代 Ⅳ.①I25

中国国家版本馆CIP数据核字（2024）第070502号

李万君：焊接高铁的“工人院士”

出 版 人 董 宽
责任编辑 陈培城
责任校对 张 彦
责任印制 黄 丽
出版发行 中国工人出版社
地　　址 北京市东城区鼓楼外大街45号 邮编：100120
网　　址 http://www.wp-china.com
电　　话 （010）62005043（总编室） 62005039（印制管理中心）
（010）62379038（社科文艺分社）
发行热线 （010）82029051 62383056
经　　销 各地书店
印　　刷 三河市万龙印装有限公司
开　　本 880毫米×1230毫米 1/32
印　　张 6.25
字　　数 53千字
版　　次 2024年5月第1版 2025年6月第2次印刷
定　　价 49.00元

国之大者，工匠先行

——“大国工匠人物传”丛书总序

在中华全国总工会成立100周年之际，全国总工会宣传教育部、中国报告文学学会、中国工人出版社联合开展了“文艺工作者走基层”活动，推出“大国工匠人物传”丛书，向全国总工会献礼，向广大劳动者致敬！

“知者创物，巧者述之守之，世谓之工。百工之事，皆圣人之作也。”这是中国所见年代最早的关于手工业技术文献《考工记》中对工匠的记载。“工”之责在于造物，“匠”者为能工鼎识者也。

幼时，老家云南昆明大板桥的老街上，从南头到北头，都是大大小小的手艺人，木匠、石匠、焗匠、骟匠、竹篾匠、鞋匠、箍桶匠……空气中飘荡着木匠的刨花香和石匠敲打出来的粉尘，充满着焗匠手中皮带的“吱扭扭”声、骟匠刀下小猪猡的闷哼、箍桶匠皮锤不轻不重的敲击声。老街上的竹篾匠是我的一个表姨夫，他来自四川，有着一手出神入化的编造竹篾手艺。粗壮的毛竹是表姨夫手中的“百万雄兵”，在一把锋利无比的刀的指挥下，被劈成厚薄、粗细不一的篾。表姨夫的本领仅次于撒豆成兵的天神，他能化篾成物，一般家里能见到、用到的器物，他都能用竹篾编出来。母亲曾命我在老街上买一个暖水瓶的内胆，然后去表姨夫的摊位上，坐等他为暖水瓶胆编制一件竹制的外壳。那个暖水瓶至今还在我家老屋的一个角落里。竹篾壳早已被岁月包了浆，虽然久不使用，却依然油润、红亮。这便是我幼时对匠人的记忆。

五千多年的中华历史长河中，涌现出了无数能工巧匠，他们或如明月光照，或如星河璀璨。一代代薪火相传的工匠精神，不仅成就了那些流芳百世的绝世建筑与器物，更是烛照我们通向文明现代化进程的精神之光，是我们文化的自信心、民族的根与魂。

从“嫦娥”探月到“祝融”探火，从“北斗”组网到“蛟龙”深潜，从港珠澳大桥横跨三地到大兴国际机场凤凰腾飞……这些挺起中华民族脊梁的大国重器、世纪工程背后，无不凝聚着万千工匠的心血和汗水，映照着工匠们孜孜以求、拼搏奋进的身影。

本套丛书收录的是全国总工会历年评选出的大国工匠

的人物传记。他们当中有焊接高铁的“工人院士”李万君、打破国外高端设备维修垄断的王树军、让中国锻件立于世界之巅的刘伯鸣、“人刀合一”的顶级钳工李凯军、在高空“穿针引线”的竺士杰、油田里的创新能手刘丽、了不起的“钢铁裁缝”艾爱国、数控机床上的“雕刻师”孟维、让三星堆文物“活”起来的郭汉中……他们有的是传统加工业的锻造者，为了突破技术瓶颈精益求精；有的是新兴制造业的探路者，为了实现精密制造巧思妙想；有的是军工行业的铸剑者，为了打造国之重器默默坚守；有的是民间手工艺的守护者，为了传承非遗文化精雕细琢……他们奋战在国防军工、装备制造、传统工艺等行业的第一线，以久久为功的钻研和创新，造就了一个个传奇。

这些杰出的工匠，尽管行业不同、岗位不一，成长经历各异，但他们都有着爱党爱国、敬业奉献、创新争先的优秀品质。他们耐得住清贫与寂寞，用灵巧的双手和精湛的技艺，数十年如一日地在平凡的岗位上雕琢自己心中的梦想，以实际行动诠释着“执着专注、精益求精、一丝不苟、追求卓越”的工匠精神。“天下大事，必作于细。”工匠精神既是中华民族技艺世代传承的价值理念，又是中国开启新征程，从制造业大国迈向制造业强国的时代需要。

“大国工匠是我们中华民族大厦的基石、栋梁。”2024年3月5日，习近平总书记参加十四届全国人大二次会议江苏代表团审议时强调“树立工匠精神”，指出“没有金刚钻，揽不了瓷器活”，要“把第一线的大国工匠一批一批培养出来”。党的十八大以来，习近平总书记对建设高素质劳动大军高度重视，强调“当代工人不仅要有力量，还要有智慧、有技术，能发明、会创新，以实际行动奏响时代主旋律”，深刻阐述工匠精神“执着专注、精益求精、一丝不苟、追求卓越”的内涵要义，号召全社会弘扬工匠精神，“为全面建设社会主义现代化国家、实现中华民族伟大复兴的中国梦提供有力人才和技能支撑”。

“匠心聚，百业兴。”无论是传统产业，还是新兴产业、未来产业，大国工匠在发展新质生产力的历史进程中不可或缺。随着经济发展方式转型和产业结构升级，中国要实现由制造大国向制造强国的转变，实现由中国制造向中国创造的跨越，离不开广大劳动者的创新和创造，更离不开对工匠精神的继承和发扬，于是呼唤更多大国工匠成为时代强音。

文艺是时代进步的号角，最能代表一个时代的风貌，最能引领一个时代的风气。中国报告文学学会、中国工人出版社联袂推出“大国工匠人物传”丛书，以图书的形式为大国工匠树碑立传，让他们的故事和精神具有更广泛的交流传播价值和长久的史料价值。本套丛书的写作者奔赴大国工匠生活的城市，深入大国工匠工作的厂区、车间、工作室，获取了全面细致的第一手材料，最终将大国工匠的成长、成才故事呈现在读者面前。

“大国工匠人物传”丛书讲述的是个人奋斗史，也描绘出大国工匠的群体形象。可以说，这套丛书是目前国内系统研究众多大国工匠人生轨迹的权威读本，既有对每位大国工匠的整体介绍和事迹梳理，又有具体的事件、案例，全面、生动地展示了大国工匠各个人生时期的工作和生活状态。

新时代是奋斗者的时代，中国式现代化建设新征程这一宏伟事业为广大工匠技能人才成就梦想提供了广阔舞台。每位劳动者都是主角，都可以成为工匠精神的践行者。大国工匠是新时代的最美奋斗者，更是和平年代当之无愧的英雄。

国之大者，工匠先行，向着中华民族伟大复兴的目标砥砺奋进，行稳致远。

是以为序。

目　录

春市总工会

第一章 劳模爸妈

“产业报国”是他的终生夙愿，“大国工匠”是他的至尊荣光。他就是李万君，从一名普通焊工成长为中国高铁焊接专家。为了能让老百姓坐上更快更好的“中国造”高铁，他凭着一股精益求精的钻劲儿和不服输的韧劲儿，积极探索了几十种高速车、铁路客车、城铁车转向架焊接规范及操作方法，填补了多项国内技术空白，为我国高铁高质量发展做出了特殊贡献。

李万君老家在吉林省长春市郊区宋家乡班家营子五星

村，爷爷李兆森是农民，种了一辈子地，是种地的好把式。李万君的父亲李世忠这辈儿有六个，都是男孩。李世忠，1944年出生，在六兄弟中排行老大。家里孩子太多，吃不饱饭，为了解决家里生活困难，早立事的李世忠1958年念完小学，年仅14岁就进入长春客车厂当工人，赚钱补贴家用。同年部队到客车厂招兵，李世忠又响应号召，参加了人民解放军，当了工兵。在部队的大熔炉里锻炼了五年，李世忠学会了木工手艺。1963年，19岁的李世忠复员后回到长春客车厂，开始在木工车间当工人，后到机械加工车间做刨工。由于在工作上表现突出，1987年到1993年，李世忠连续七年被评为长春客车厂劳模，并在1993年被评为原中国铁路机车车辆工业总公司劳动模范，被长春市总工会授予“五一劳动奖章”。

李万君的母亲李桂芝，在长春市一轻局所属的长春塑料一厂车间工作，她也曾连续四年获得厂级先进生产者。

李世忠、李桂芝，是一对平凡的工人夫妻，也是一对令人敬仰的劳模夫妻。1968年，他们迎来了爱情的结晶。

1968年10月6日，在长春市建设街一间不足14平方米的简陋平房内，李世忠和李桂芝迎来了他们的第一个孩子——李万君。这个大胖小子生下来6斤8两重，一双眼睛分外明亮，能哭能吃能尿炕。

转眼孩子满月了，李世忠动用自己压箱底的文化积累，给这个大胖小子起名，夫妻俩希望儿子能走得更高更远，他们一致认为：数字里最大的就是万，人群里广受称道的是正人君子。于是，夫妻俩给这个备受期待的长子取名为李万君。

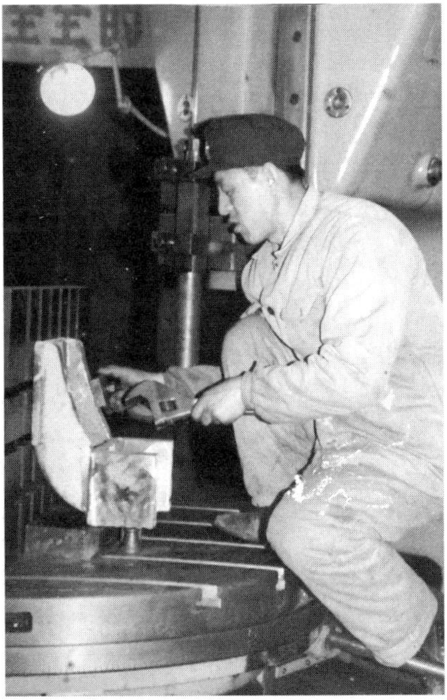

1963年，李万君父亲李世忠，退伍后到长春客车厂工作

李桂芝是塑料厂的工人，有一年，塑料厂为了回收废旧塑料，发动了厂里的职工在家清洗塑料布，洗一斤能多几分钱的收入。为了给家里减轻负担，已经上学，正放暑假的李万君就带着两个弟弟在家洗塑料布，洗干净再晾晒到院子里。一个暑假下来，李万君领着两个弟弟清洗了两千多斤的塑料布，换回了一百多块钱，而父母当时每个月的工资也就只有几十块钱。

1966 年，长春客车厂实验车

这次经历让李万君尝到了靠自己双手劳动挣钱的甜头。到了寒假，他又开始领着弟弟捡马粪，每捡一筐马粪就能换一张小票，而这种小票可以在开学的时候用来换一些学习用品。

1981 年 7 月，13 岁的李万君从长春市翔云小学毕业，毕业考试考了个全校第一名——数学 93 分，语文 81 分。可惜这个成绩离重点初中长春二中还是差了一分，父亲就让李万君到客车厂子弟中学念初中。

李万君生活在一个劳模之家。父亲在长春客车厂，每天都主动加班，又通过一双巧手，搞了许多发明创造，是铁道部劳模、长春市五一劳动奖章获得者。母亲在塑料一厂，连年都被评为“先进生产者”。每逢年节、奖项评比的时候，看着父亲母亲戴着大红花、喜气洋洋地拿回劳模奖金和证书，李万君都羡慕不已，这个时刻也是李万君一家最高兴的时刻。对他们来说，这不仅是经济上的收获，更是沉甸甸的荣誉。每到这个时候，李万君就暗下决心，将来自己要是有机会进入客车厂，也要参加技术考试，也要当劳模，也要像父母一样，戴着大红花回家！这就是李万君的初心。

长春客车厂，现在叫作中国中车长春轨道客车股份有限公司，始建于1954年，是国家“一五”期间156个重点建设项目之一。经过60多年的建设和发展，该公司已成为我国最大的铁路客车和城市轨道车辆研发、制造和出口基地，也是目前世界上年生产客车数量最大的制造工厂。

1987年8月，19岁的李万君进入长春客车厂焊接车间工作，出身平凡的他由此开始了不平凡的焊工人生。

理想很丰满，现实却很骨感。真正进入配焊车间的第一天，李万君就傻了眼。对此，后来李万君回忆道：“我们高中三个班就28个同学，都是客车厂子弟，通过这种渠道进入了我们这个企业。在职高培养半年理论和实践后，就很快进入了车间。当进入车间的一刹那，我就特别后悔，这车间不像我想象的那么好玩，只要你干上两天的电焊，衣服上蹭的全是油，焊滴噼里啪啦往下掉，稍微不留神，只要你觉得稍微一热就知道衣服着了，赶紧扑棱扑棱，所以衣服上经常烧出大小不一的窟窿。”

除了工作难度大，干焊接还很艰苦。当时长春客车厂焊接车间是长客最艰苦的车间，刺眼的电弧光、刺耳的打磨声、刺鼻的焊烟味、不见天日的烟尘……干焊接还存在着更直接的危险：由于焊条熔滴过渡，会在焊缝中产生很多焊接飞溅，这种“焊花”会灼伤人的皮肤，掉下来的

1979年，11岁的李万君，和父母、2个弟弟在长春胜利公园

“焊豆子”更是容易烫伤工人。

李万君回忆道：“在这么艰苦的环境中，我的同班同学，28 个有 25 个通过各种渠道调离本职岗位，女的到幼儿园的、收料的；男的当司机的、干装修的。30 多年前的那个年代，体现不出多劳多得，而且你干啥都是每个月基本工资 23 块钱，奖金十块八块的。当时我看同学们一个个高高兴兴地调走，今天走两个，明天走两个，我心里也活

啦，我回想，过去的一年里，电焊烟熏火燎的，眼泪都哗哗的，往前一瞅，自己都觉得干电焊没啥出息。”

李万君一度深感苦恼，他忧心忡忡，想打退堂鼓，不想干电焊了，于是就留意调走的机会。

有一天，李万君找到父亲，跟他说了自己的想法，想让父亲帮他调动工作。

父亲对李万君说：“万君啊，我考虑几天了，咱就一个职高毕业的学生，没啥文凭，也没啥文化，给你调到哪，你都是工人。作为工人，你不学习技术，走到哪都不

1989 年，李万君的母亲李桂芝在长春塑料一厂车间

行。不管咋说，干电焊还有点儿技术，就跟农村会木匠、瓦匠的，总比种地的赚钱多。焊工是一行，三百六十行，行行出状元。你好好干电焊，说不定将来会有出息的。”

为了提高李万君的技艺，父亲经常给他抱来边角料、废铁块练手艺，中午也让李万君练技术。当其他工友有空闲打扑克的时候，李万君却拿着焊枪，摆弄着铁块，这时候工友们就笑他：“李万君，你是不是你父亲亲生的？”当时，谁都不理解，别人家的父亲都忙着给自家孩子找一个好工作调走，可李万君的父亲不仅没帮忙给他调动工作，反而给他整些铁块让他天天练习。

这是李万君一段苦恼的岁月——考试调工作，被别人顶替；他想走后门调工作，自家父亲不帮忙，仿佛自己再也没有前进的道路了。

李万君成为大国工匠后，在回忆这一段时光时说道：“当时我觉得父亲说的这段话其实也有道理，但是干电焊能有啥出息呀？自己根本没有信心，也跟父亲较劲，不理解。现在我成了全国劳模、大国工匠，但是当时不知道能有这出息啊。那时候我要知道能有今天的成绩，早就甩开膀子好好干了。”

第二章 焊工爱情

男怕入错行，女怕嫁错郎。李万君在很长一段时间里都感到自己干电焊，是选错了行。

工友们常说："紧车工，慢钳工，不紧不慢是铣工，不露脸的是焊工。"

焊工不仅工作苦，找对象时也属于弱势群体。李万君刚做焊工的那段时间，很多焊工只能找在农村种地的姑娘。

男子"焊"，恋爱难，李万君三次"失恋"，只因电焊。

20世纪90年代，长春客车厂所在的地方就是长春西郊了，工厂四周是菜地，虽然挨着农村，但到了秋天，也没有姑娘给厂里的青工送“菠菜”。

1990年，李万君22岁。那个年代的工人结婚都早，看到周围的青年伙伴纷纷结婚成家，父母也着急，特别是李世忠家里有三个大小伙子，晃来晃去的，吃得多，住得挤，家庭条件一时也很难得到改善。那个年代，男孩多的家庭，一般女孩都不愿意嫁。父母怕李万君打光棍，总是让李万君脑瓜灵活点儿，出去找对象。

那个年代，男生流行穿中山装留长头发，女生爱扎两个麻花辫子，大家都骑着二八自行车，听着《成吉思汗》，时髦的男女都会跳月光迪斯科。李万君那一代人的青春是，吃五分钱的冰棍，买一毛钱的爆米花，停电点洋蜡，露天看电影，报纸糊墙又包书，看黑白小电视，苞米秆子当甘蔗吃。女孩跳皮筋，欻嘎拉哈。男孩嘿哈嘿哈，白天《少林寺》，晚上《霍元甲》。

22岁的李万君长得一表人才，除了瘦点儿没别的毛病，但是话说回来，瘦脸显得人刚毅。那时，李万君本可以靠脸吃饭，可没承想偏偏干了电焊。

俗话说“立业成家”，作为一个到了婚龄的男青年，进入长春客车厂工作以后，就陆陆续续有人来给李万君介绍对象了，可是他这个婚，结得却不算容易。

李万君的“第一个对象”是当时客车厂水箱工段的占班长给他介绍的。班长看小李技术好，干活麻利，头脑也够用，就给他介绍了一个在客车厂服务公司大集体工作的女孩。客车厂服务公司就是把长客职工子弟、家属集中起来，干些辅助工种，如木匠、服装、火车座套等。大家对

1990 年，22 岁的李万君（上排左二）和长客水箱风缸焊接班组工友

这门婚事充满了希望，因为李万君是国营职工，女孩则是大集体女工，国营职工比大集体职工“高一截”。

相处了几天，女方传了话，说不同意。大集体女孩居然把国营职工李万君给拒绝了！这让大家都很诧异。原来是女孩全家合计了一下，想到李万君家里是三个大小伙子，本来日子就穷，要再娶三个媳妇，更得受穷。

李万君的“初恋”就此结束了。

第二次介绍的对象是李万君父亲战友的女儿，女孩在长春市一家钟表仪器厂工作。由于是战友家的孩子，知根知底，所以大家都很看好这对年轻人。就这样，李万君的第二次恋爱开始了。一回生，二回熟，这回李万君给自己“打了包装”。首要就是外形，千万不能太邋遢，见面一定要穿新衣服，头发也特意在理发店做了个温州新款。

李万君和父亲战友的女儿总共约出来见了两次面，女孩身高一米六多，很苗条。两个年轻人也没说太多，就是互相问问工作的事，问问收入的事，问问家庭的事。女孩问得多一些，比如问他存款啊、工资啊、两个弟弟多大了啊。李万君问得很少，因为他很喜欢这个文静的女孩。虽说就见了两次面，但这已经让李万君感到很幸福了。李万君甚至已经开始畅想他们甜蜜美好的婚后生活了。

一天快要下班的时候，女孩把电话打到了水箱工段找李万君。女孩开口叫李万君“李哥”，李万君当即心想：哎，有门。女孩先是在电话里表扬了李万君一通，给他戴了好几顶小高帽，他正高兴呢，女孩就言归正传了，说李万君是1968年出生的，属猴，而她是1969年出生的，属鸡。俗话说，鸡猴不到头。他们俩属于属相不合，还是算了吧。

其实这次分手的真相是：女孩家经过研究，还是觉得李万君工作不好——一个焊工，工作不赚钱，做人没进步空间。因为不想伤战友感情，就拿属相说事，委婉地拒绝了李万君。

李万君的第三个对象也是因为李万君工作差、工资低，结果还是吹灯拔蜡，焊工李万君的恋爱如焊花，一闪就结束了。

人生就是这样，当你满大街追求爱情时，爱情并没有出现。当你不经意走在街上时，爱情在转角处等着你。1991年，一次偶然的机会，23岁的李万君陪同父亲一起去父亲的同事家里做客，见到了一个叫作苑红霞的女孩。她是在自己的二叔家，帮着叔叔收拾屋子干点儿活，看上去是一个非常干净利落的姑娘。人长得也漂亮，一米六二的个头，身材苗条，皮肤白皙，长发飘飘，站在那里文文静静、温温柔柔的，总是那样彬彬有礼。苑红霞，就像她的名字一样，从遥远的天边走到了李万君的眼前，说时迟，那时快，一道红霞唰的一下照进了李万君的心田。

对李万君来说，1991 年的秋天分外美好，长春市建设街地质广场上的大树像他们爱情的守护者一样，棵棵耸立。马路上铺满了金黄的落叶，李万君和苑红霞就这样在落叶上走了好多遍。

1992 年 5 月 26 日，24 岁的李万君和长春针织厂女工苑红霞结婚

外在的美好感动只能是一时的，而美好的心灵会感动人一生一世。苑红霞就是这样一个有着美好心灵的姑娘。

有一次，他们下班后约会，李万君浑身收拾得挺利索的，还穿了一双皮鞋，可不知道为什么，走路有些踮脚。苑红霞忙问他怎么了，李万君只一迭声说没事。可苑红霞还是不放心，非让李万君把鞋脱下来看看。李万君这才说了实话，原来是白天的时候他焊接火车水箱时让焊豆子给烫了。于是，苑红霞赶忙领着李万君回了家，让他坐在板凳上，烧了一壶热水，二话不说就给李万君洗脚，又拿来碘酒，细心地涂在了黄豆粒大小的烫洞上。

一个大姑娘，能为自己洗脚，还给自己上药，这让李万君十分感动。男人心事总如酒，少女心事总是诗。就这样，爱情的小火苗噼里啪啦地从李万君的脚开始，烧遍全身，两个人渐渐变得无话不谈。

1991 年的冬天比往年来得要早一些。李万君有预谋地带着苑红霞坐 2 路公交车来到了长春市中心，他们散步走到了长春五商店（也就是现在的长春百货大楼），这是当时长春最高档的百货商店。到了商场，李万君说要给苑红霞买件红色的鸭绒服，说怕她冬天冻着。苑红霞一看价格连忙说不用，但李万君已经迅速付完了款。这件红色鸭绒服 107 元，比李万君那时候几个月的工资还多。

苑红霞穿着李万君给她买的红色鸭绒服，高高兴兴地见了家长，双方父母也会了亲家，都同意他们的婚事，一切就如水到渠成般顺利，这样的顺利就像天降甘露，让李万君陶醉在甜蜜和幸福之中。

一件鸭绒服，换一个媳妇。李万君的恋爱故事在小伙伴之间成为传奇。

春风吹拂北国久经冰霜的大地，转眼又是充满希望的一年春季。1992 年 5 月 26 日，24 岁的李万君和长春针织

1992 年 5 月 26 日，李万君和苑红霞结婚留影

厂女工苑红霞结婚了，婚房在长春市奋进乡五星村班家营子五星村村头，是平房，没有水井，烧炕。没有彩礼、没有婚车、没有蜜月旅行，真爱的婚姻一样美丽。刻骨铭心的爱情不是乍见之欢，而是百处不厌。好看的皮囊千篇一律，有爱的灵魂万里挑一。苑红霞身上有中华民族优秀的传统美德，她能吃苦，也跟定了穷小子李万君。

1996 年 4 月 27 日，李万君、苑红霞的爱情结晶——女

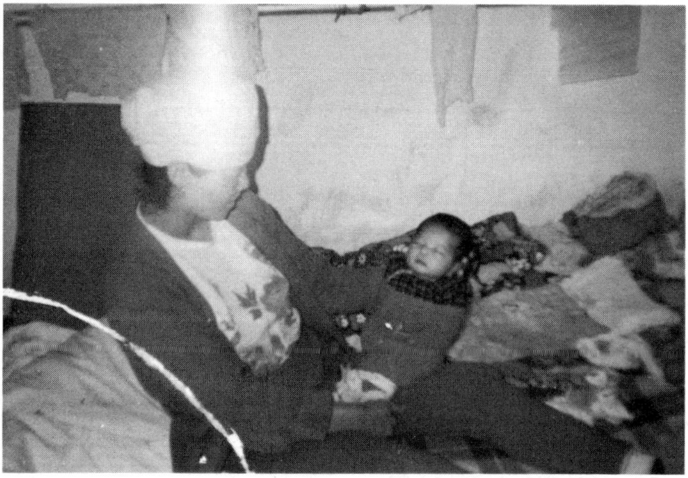

1996 年，在长春市郊区奋进乡五星村班家营子的平房，李万君的爱人苑红霞照看几个月大的女儿

儿奇奇出生。

那时，李万君每天一下班就往家跑，回到家就找活干，生火做饭，打扫卫生。周末休息时他在家买煤、劈柈子、挑水，苑红霞把孩子哄睡了就赶紧收拾收拾屋子和小院。两个人虽然很累很疲劳，但一看见女儿的微笑，什么疲倦都没有了。

就这样，李万君一家三口在班家营子的生活平凡而又温馨，他们一起晒尿布，晒太阳。

第二章 养狗也不干电焊

20世纪90年代初，城里的姑娘几乎没有愿意到农场结婚住的，因为大多数姑娘瞧不起农村人。当年还有个顺口溜，笑话农村人：老农进城，腰扎麻绳；买瓶汽水，不知退瓶；看个电影，不知啥名；找不到厕所，旮旯也行。

李万君、苑红霞这对年轻人，不怕同学同事说啥，住土房，烧土炕，种蔬菜，修院墙，苦中互相帮扶，累时互为依靠，在班家营子村经营自己的婚后生活。然而，结婚不到一年，苑红霞所在的工作单位——长春针织厂就黄了。

那个时期正值东北的“下岗潮”，苑红霞成为长春市头儿批下岗职工。

结婚过日子，到处需要钱。之前，在和苑红霞谈恋爱的时候，李万君就拉着她去小河边捞鱼食喂鱼。后来，李万君和苑红霞结婚的时候，他把所有的鱼都挪到郊区的平房去了。由于李万君家是平房，前面还有一个小院，为了赚点儿外快，李万君开始琢磨着把养鱼事业搞大点儿。李万君每天一大早去宋家早市摆地摊卖金鱼，5 点出发，卖到将近 7 点就得带着卖不掉的金鱼回家，有时还给苑红霞捎点儿早饭回去。当时一条鱼的价格也就是五分一毛的，虽说不值什么钱，但也是个营生，也能贴补家用。

有一天，他从邻居那里买了一只狼狗崽儿，就是所谓的警犬幼崽。当时，一条狼狗就能卖一千多块钱，相当于养半年鱼了。在地摊上蹲了这么久的李万君，他看好养狗的市场前景，于是一狠心就把金鱼送人，开始转型养狗。焊狗笼子，因为自己就是电焊工，李万君只买了点儿钢筋和角铁，对他来说焊几个狗笼子太小菜一碟了。狗笼子焊完，养狗的营生就开张了。

李万君最开始只养狼狗，但狼狗能吃啊，养大之后发现一般的狼狗只能卖个狗粮钱，白忙活一夏天。于是李万君就开始琢磨买一些好狗崽儿，比如西德牧羊犬、阿拉斯加犬，这狗越养越多，越养越大，后来他家的小院子已经满足不了他养狗的需求了，于是李万君就到屯边上买了1000多平方米的一块地，建了一个大狗场，干起了“大买卖”。

随着狗越来越多，一到季节狗就容易得病。头几次，李万君还骑摩托车请长春市里的医生来给狗打吊瓶，可后来怎么请人家也不来了，医生说他是给人看病的，现在跑李万君这狗场给狗打针，传出去名声不好。可看着一条条患病的狗，李万君心急啊，这都是钱啊。

李万君当然不能眼睁睁看着狗病死，于是他只好让妻子安抚住狗，自己模仿着医生的样子给狗打针。第一次给狗打针，李万君让妻子把住狗的前两条腿，将狗后腿的毛剪掉，李万君把吊瓶针头扎向狗腿上的血管，小狗疼得直叫，李万君一脸严肃，满脸阶级斗争的样子，苑红霞也不敢问，但心里想：夫君，你给狗打针，是不是打错了？李万君看出妻子的怀疑，就解释说：没事，狗一直叫，估计是晕针。

那一天，从晚上7点到半夜，李万君和妻子忙了5个小时才给狗打完吊瓶，仔细一看，狗腿里面形成一个水包，原来打针没有回血，药液都注射到狗腿皮下了，狗有苦难言，只疼得大叫。

李万君一遍遍练习给狗打针，后来越来越熟练了。李万君渐渐学会了给狗看病，什么灌药、打吊瓶都不成问题。不同的狗病，他也能看出个八九不离十，基本上也能做到药到病除。也因此，村里的狗啊、牛啊一旦有病了，村民们也爱跑到李万君的狗场来问一问。

1994 年 7 月 30 日，“狗场场长”李万君养狗忙

就这样，李万君负责遛狗，给狗看病；苑红霞负责做狗食，打扫卫生。每天晚上，两口子伺候完狗再照顾他们自己，有的时候饭菜还没上桌，李万君就睡着了。这时候，苑红霞都会轻轻地拍拍李万君，幽幽地说：“李兽医，快醒醒，该吃饭了。”

后来有一次过春节，李万君去农村二叔家拜年。二叔病了，发高烧，吊瓶、针管什么的都买回来了，大年三十这针找护士打完了，但大年初一也请不到护士给打针啊。二叔家的孩子胆子大，说要给二叔扎针，可总也扎不对地方，只是在老人的手上留下几个新鲜针眼。李万君见状，就说：“二叔，我试试。”二叔一家人半信半疑地看着李万君，却见他手法娴熟，有条不紊，在二叔老手上轻轻一拍，说时迟那时快，眼到手到，手到针到，吊瓶就打好了。二婶很高兴，忙问李万君是怎么学的打吊瓶。李万君实在，刚想说是用狗练的。苑红霞赶忙扯了一下他的衣襟，拦下话头说：“时间不早了，我们得去三叔家拜年了。”

焊工李万君干一行，爱一行。养金鱼，养成了附近早市上鱼品种最新的鱼老板；养狗，养成了方圆几里有名的狗场场长。

广阔天地，大有作为。长春郊区班家营子五星村狗场位于风景秀丽的村东头，这里玉米成片，葵花斗艳，土路蜿蜒，杨树参天。狗场场长是李万君（兼兽医、销售员、保安），副场长是苑红霞（兼后勤、会计、清洁员）。

夫妻搭配，养狗不累。那个时候，一条好狗能卖一千多元，李万君狗场里有五六十只狗，小狗多一些，小狗一般一年多能长成大狗，狗食的成本主要是买玉米面和猪肺子，再就是买烧柴，自己去拉苞米秆子回来烧火，煮狗食，成本也就一两百元，自己狗场繁殖的狗崽，所以养狗成本低，一年要是卖十多条狗，一年就能当上万元户。而李万君工作几年了，一月工资也就不到一百块钱，一条好狗都快顶上李万君一年的工资了。当时的李万君有个“农村包围城市”的小算盘，那就是“养母狗—母狗下崽—养大狗崽—卖大狗—攒钱—在客车厂附近买个小面积的楼房—全家进城”。也许是贫穷限制了他的想象，那个时候的李万君怎么也想不到将来的自己能在城里买得起大房子、小轿车。

养狗和干电焊，相比之下，养狗更美好。同样是累，养狗赚钱多，养狗是给自己干，养狗不上班，还自由。李万君越想越下定决心，养狗也不干电焊。

这是李万君第二次不想干电焊，那时，他在单位也想

1995 年，27 岁的李万君（中间）和长客水箱焊接班组工友

这只狗怎么样了、那只狗怎么样了，对电焊技术不够上心，更不要说钻研技术了。

李万君消极工作的情况传到他父母那里了。一开始父母不说啥，可是时间长了，作为劳模的父母开始担忧：这孩子不学技术，不好好当工人，拿青春喂狗，这样跟狗混下去，这一辈子不就完了吗？父亲李世忠很苦恼，可是儿大不由爷，现在李万君大了也不能打，讲道理怕还说不过他，怎么办呢？怎么能把这匹野马再拴到车辕上？

这一天，李万君来看父亲，李世忠便趁这个机会语重心长地对他说："你还记得前几年我给你写的信吗？你回去找找，有时间再看看。"

父亲给李万君写信是在李万君刚进厂不久，当时李万君看到自己的同学纷纷调离了焊接岗位，心里很动荡。于是，父亲就给李万君写了一封信。当时李万君还在抱怨父亲不给自己走后门，这封信也就是简单看了看，根本没上心。这次父亲突然提出来让自己看看信，于是回家就把信找了出来。

吾儿万君：

儿子，不管干什么工作，只要干好一样有出息。

孩子，安心干吧，爸爸支持你。五八年你爸才 15 岁，就来到客车厂，每天往返 30 多里路，上班什么活都干，一边建厂，一边出车，工作更艰苦，不也坚持下来了？每当爸爸把劳模大红花拿回家，你和弟弟争着要。当时你说，等长大上班，你也争当劳模，得的红花比爸爸的红花大，儿子你没忘吧？我的好儿子坚持吧！会有好的结果的。

祝你工作更上一层楼。

88 年 3 月，父

再读父亲的信时，比起前几年，李万君成熟了好多，父亲的话他也越来越能理解了。

父亲的信也使他决心回归本行，于是他把心思又放回单位，认真钻研电焊，不再三心二意。

第四章 跟着师父苦学手艺

国将兴，必贵师而重傅，贵师而重傅则法度存。师徒制在我国由来已久，曾一度成为青年工人掌握技能的重要途径，同时弥补职业技术教育的不足。师父领进门，修行在个人。过去新工人进厂，均由企业指定技能高超的师傅进行传帮带。师徒制是企业投入少、见效快、技术实用性强的培训机制。“师带徒”也可以让许多身怀绝技的老师傅技能不失传，一些关键性工序和技巧不断档。

1987 年，李万君从职业高中毕业，正式进入长春客车厂工作之后，车间的领导给他们这一批刚参加工作的年轻职工都安排了带教师傅。分配给李万君的师傅，叫杨立明。这位焊工师傅长得不高，但是有着工人一贯的好体格。

跟在杨立明身后没几天，李万君就发现，自己的师父是整个班组里干活最快的，无论是焊接水箱还是焊接风缸，都能做到滴水不漏，而且成型非常漂亮，这让李万君敬佩极了。

一开始，李万君只能跟在师父后面帮忙打打下手，自己根本没办法独立操作。刚上手焊接时，李万君焊线像狗熊醉酒那般，连歪带扭，东一疙瘩西一块。眼看着师父熟练轻巧地焊完一个个加工件，李万君眼热手痒得不行，跃跃欲试着想要独立操作。在看了一周之后，师父终于交给李万君一个不锈钢小水箱，让他先试着自己焊一焊。

李万君高兴极了，回忆着师父的操作手法，照猫画虎地开始焊了起来。焊完之后，他自己心里感觉还不错，凭借目测简单找补了一下漏点，就直接交给了师父。可是没想到，等到工段检测焊接情况、加压找漏点的时候，李万君刚才焊的小水箱就四处漏水，像喷泉一样。“这哪是水箱啊，这不是漏斗嘛。”检测员当着众多工友同事的面开起了玩笑，李万君的脸立刻就红了起来。

师父看到这种情况，也没多说什么，马上带着李万君仔细地在水箱上找漏点，标记完之后再一个个补焊。李万君在一旁看着师父给自己收拾烂摊子，心里十分愧疚，感觉太对不起师父了。要知道补焊水箱可比焊水箱费时费力得多，师父补焊一个水箱的时间都能再焊两个水箱了，这不是耽误事吗？李万君吃了这个教训，再也不敢耍急性子独立操作了，从此老老实实地跟在师父身后认真学技术。

没有人不辛苦，只有人不喊疼。师父告诉李万君，焊接要人枪一体，要把焊枪作为胳膊的延伸，要眼中有枪，枪上长眼，指哪焊哪。为了给自己加油，李万君抄写了一段自己喜欢的座右铭，贴在床头激励自己：

只有经历过地狱般的折磨，才能有征服天堂的力量。

只有流过血的手指，才能弹出世间的绝唱。

我走得很慢，但我从不后退！

志在山顶的人，不会贪恋山腰的风景。

生活不是等暴风雨过去，而是在雨中翩翩起舞。

人生最大失败，就是总在放弃。

在师父的指导下，李万君一边看，一边学，一开始焊出来的水箱成型不好，但后来慢慢开始成型了，速度也渐渐提了上来。终于，李万君焊接完的水箱，师父也不用再送去加压测试了，直接教他用肉眼观察，寻找漏点。而李万君自己也练得都疯魔了，只要看到任何有线条的墙，他的手指就不由自主地沿着线动了起来。那段时间，李万君白天看见车间地上画的走路线路，就想着怎么焊下来；晚上躺在床上，看见天花板上有条缝，脑子里也想着要怎么样把它给焊好。

杨立明在教李万君的时候，可以说是倾囊相授，从来没有那种“教会徒弟，饿死师父”的想法。师父是真心实意地教，徒弟也是刻苦用心地学，就这样，李万君跟着杨立明扎扎实实地打好了焊接的基本功，他用了将近两年的时间，熟练地掌握了水箱和风缸的焊接技术，后来参加国家大赛使用的一些焊接技艺，就是跟杨立明学到的本领。

对李万君来讲，杨立明是他步入焊接行业的启蒙恩师，正是由于师父认真、耐心地教导和自己勤奋、努力地练习，李万君才逐渐走上了独立的工作岗位，进而把焊接技术练得炉火纯青。而师父踏实勤奋的工作态度，也给刚刚步入焊工生涯的李万君树立了一个良好的榜样。

如果说杨立明是李万君的授业恩师，那么张道祥就是李万君的模范和榜样。李万君刚上班的时候，张道祥就是他的领导。那时候，李万君总是想打退堂鼓，但每次见到领导都是起早贪黑、任劳任怨地工作，他总觉得有些不好意思。

张道祥不仅能吃苦，能带头苦干，还擅长做思想政治工作，虽然他文化程度不高，但他说的话让李万君和青工们铭记一生："好铁要经三回炉，好书要经百回读。不怕吃饭用大碗，就怕干活爱偷懒。"

20 世纪 90 年代初，铁道部劳模、长客焊接班组组长张道祥

素质是立身之基，技能是立业之本。当时的张道祥是铁道部劳模，素质高，业务能力强，对待工作一直都是兢兢业业、一丝不苟的，就是从张道祥这里，李万君进一步知道了什么是劳模，什么是榜样。李万君打心眼里敬佩这样的领导，愿意向他学习。

焊花如水，焊光似梦，那流光溢彩的电弧就这样闪过那些为生活奋斗的日子，也照亮了车间火红的岁月。

人要奋斗，要让青春灿烂起来，哪怕像焊花那样，只灿烂一秒钟，也要留下结实、质朴的焊缝。

学如弓弩，才如箭镞。在李万君的焊工生涯中，除了他的恩师杨立明和领导张道祥，还有一个不能不提的人，那就是改变了李万君人生的导师——劳模师父屈伟健。

屈伟健是李万君所在车间的机修班班长，他脑子非常聪明，擅长搞一些发明创造。屈伟健虽然从事的是设备维修的工作，却也十分了解焊接工作。1995 年 4 月 24 日，屈伟健荣获全国劳动模范。5 月 19 日，工厂召开向全国劳动模范屈伟健学习的大会。

1999 年 1 月 16 日，全国铁路总工会有关领导率慰问团，来到李万君所在的车间看望全国劳动模范、高级工人屈伟健，厂里的领导冬晓峰、柴铁云等也全部参与陪同。

20 世纪 90 年代初，全国劳模屈伟健

这样的阵势让当时才刚参加工作不久的李万君感到十分震撼——要是能当一个有技术、能发明、会创造的工人，同样也能受到别人的尊重和敬仰。

这件事在李万君心里种下了一颗我要像劳模那样有出息的种子，这种子潜移默化地让他的思想产生了转变：李万君慢慢变得不再消极懈怠，而是认真对待工作，认真思考工作中遇到的问题，认真学习焊接技术，认真把手里的每一项工作、厂里分配的每一项任务完成好，并且主动为厂里提出一些合理化的建议。

李万君第一次提出的合理化建议，是将原本水箱上面的焊接螺母，改为自攻螺纹。这个建议很快就被厂里采纳，为此，厂里还发给了他一个小小的纪念品。虽然这纪念品不算丰厚，但李万君还是非常开心，因为他觉得自己受到了重视。其实，一直以来长春客车厂都十分重视工人们在工作中遇到的问题，也很重视工人们提出的意见。现在有了屈伟健珠玉在前，李万君也慢慢对技术创新、发明创造感兴趣了。

吃苦、耐劳、敬业、钻研、创新、爱国、爱厂、爱家，这些所有劳模身上的优秀基因渐渐融入李万君年轻的生命中，入骨沁髓，并伴随了他的一生。

俗话说得好：台上一分钟，台下十年功。通过苦练，李万君成了同事里焊接时手最稳的工人，厂里的老师傅们都夸他手眼配合得好，又非常稳当，焊接出来的零部件就像自动焊接技术一样。等到参加工作的第二年，李万君焊的风缸在车间里已经是数一数二的了。当时，厂里接到了一个德国发来的订单，要订购二十个风缸，这个任务就交给了李万君。当他焊到第十个风缸的时候，张道祥有些担心地对李万君说：“万君啊，你不要再焊了，这样连续地疲劳工作，恐怕保证不了质量啊。”李万君立即自信地打包票：“没问题的，我已经总结出了焊接风缸的诀窍，保证每个风缸都能焊出一样好的质量！”最终，十个大型风缸，十个小型风缸，整整齐齐地排成一溜摆在地上，接受大家的检阅。每一个都非常完美，几乎做到了一模一样。

那一天正巧赶上厂里的技术人员陪同国内的一些技术专家进厂参观，因为下雨，这一行十多人只能被迫来到水箱段车间躲雨，刚好看到了李万君刚焊完的摆在地上的二十个风缸。专家们对此赞不绝口，都说这些风缸焊得简直像是自动化流水线上下来的，太漂亮了，纷纷询问焊接的工人是谁。李万君有些腼腆地从工友中间站了出来，专家们没料到能把活干得这么炉火纯青的竟然是个年轻的小伙子，真是大吃一惊，又对着李万君一通夸赞。

这时，参观团队中有一位领导抱着考验李万君的心思对他提出了一个问题，他问道：“小伙子，你这个风缸焊完了，下一步要做什么呢？”李万君马上答道：“当然是打压！一个是风压，一个是水压。”那位领导便又接着问道：“同样都是为了查出风缸漏不漏，为何还要打两种压呢？”李万君略一思索，便大声答道：“是为了检测风缸的强度！”这位领导赞许地点了点头，微笑着说道：“知其然还能知其所以然，这小伙子不错！”

李万君勤于钻研，勇于创新，练就了许多过硬的焊接本领。他同时拥有碳钢焊接、不锈钢焊接等六项国际焊工（技师）资格证书，掌握了氩弧焊、二氧化碳气体保护焊及 MAG 焊、TIG 焊等多种焊接方法，对于平、立、横、仰和管子等各种焊接形状和位置也十分精通。可以说，是众多劳模榜样帮助李万君成就了自己，也是他们帮助李万君形成了一个正确的人生观，只有如此，李万君的人生之路才走得正，走得直，走得顺，才能走向美好的明天。

第五章 中国绿皮火车『焊接王』

焊花烫我千万遍，我待焊枪如初恋。工匠就是一种痴迷，李万君变得心中只有焊接，飞火流星，高温烘烤，所思所想皆焊接，且举且练皆焊枪。

各级政府、工会搭起练武的平台、比武的擂台、获胜的奖台，为千万青年工人铺就成才的星光大道。

路漫漫其修远兮，吾将上下而“焊接”。

来到长春客车厂上班以后，李万君很快就发现厂里对技术是非常重视的，每年都会在车间举办技术大比武和技能大赛，是骡子是马拉出来遛遛，这是青年工人崭露头角的好机会。

1988 年，在参加工作的第二年，李万君就积极报名参加了车间的技术大比武，凭借扎实的基础和勤奋的训练，他获得了车间第一名的好成绩。这是李万君职业生涯中第一个冠军——全车间焊接冠军。当时的检查员刘健一看到李万君焊接零件的焊缝，就知道这是有真功夫的，对李万君是赞不绝口。这次车间内的技术比武规模比较小，也没有奖金，只奖励给李万君一个双肩包，但这也是一种荣誉啊，足够让李万君激动一阵子的了。下班回家以后，李万君把这个双肩包给了弟弟，就像当年父亲把大红花给他一样。

机会总是给有准备的人的。长春客车厂的全厂职工技术大比武是每两年一次，只有一直努力、一直取得优秀成绩的人，才能进入决赛。时间过得很快，两年弹指一挥间。全厂职工技术大比武的比赛地点设在机械加工车间，也就是他父亲工作的车间，比赛内容是焊接一个水平固定全位置小管，外加一个平焊的厚板开破口单面焊、双面成型。

李万君的准备工作做得很足，事先也做了非常多的练习，再加上平时就非常严格地要求自己，所以比赛非常顺利，李万君对自己的作品也很有自信，他感觉自己焊得挺不错，虽然不可避免地还是有些紧张，但已经发挥出了自己平时的水准。不久，厂里公布了青年职工大赛的比赛成绩——李万君获得了第二名。父亲比李万君更早知道了这个喜讯，回家后就喜笑颜开地告诉他：“万君啊，你获得了第二名的好成绩！”按照当时公司的奖励办法，可以破格提升半级工资，这对年轻的李万君来讲，是莫大的鼓舞和激励。

2002 年 3 月，由中国北方机车车辆工业集团公司作为主发起人，长春客车厂正式改组重建为长春轨道客车股份有限公司，成了中国北车集团矩阵内的一家新型股份公司，李万君也由此成了中国北车集团下属的一名技术工人。

夜里挑灯看剑，梦回吹角连营。2005 年，在备战中央企业大赛的前四个月，李万君每天天不亮就到车间练习，晚上回家背题背到后半夜。那时候他们一家三口住在三十多平方米的小房子里，为了不影响妻子和女儿睡觉，他就用床单挡住玻璃，在门缝浇上豆油，就怕一开门发出响声。李万君自己一个人躲到厨房背题，困了用凉水洗把脸，再困就吃几口大葱，太困了就用衣服蒙头，穿着毛衣打个盹儿，有时甚至背到天亮，然后一早吃口饭，又去车间练习电焊实操。

就在全国大赛前一个月，李万君刻苦练习焊 6G 管，斜 45 度大管，氩弧焊打底，电焊盖面。焊接完成以后，李万君照常摘下焊接帽，准备像平时一样用肉眼观察一下焊接缝。但没想到，管件在强烈高温的作用下，突然溅射出一块高温氧化皮，正好打到了李万君的左眼！李万君顿时感到一阵钻心的疼痛，赶紧捂着眼睛去了厂内的职工医院。医生检查过后告诉了李万君结果：高温氧化皮刚好打在了李万君眼球的正中间，形成了一块烫伤，好在伤口处理得及时，经过妥当的消毒、包扎，现在已无大碍。但是，必须每天换药，并且要戴半个月的单眼眼罩，避免伤口感染影响视力。

对正在准备全国大赛的李万君来说，这真是一个噩耗——众所周知，两只眼睛同时看物体，立体感和方位感才更强，才能形成准确的视觉感知。只用一只眼睛看，对于焊接工作，是有着致命影响的。

已经脱产训练了这么久，只差一个月就要进行比赛，这时李万君的身体状况出了意外，再要临时换人顶替已经是来不及了，厂里的领导知道了这个情况以后都非常为他难过和担心。当然，最难过的还是李万君自己。看着另外两名参赛选手每天至少都要练习焊接三套试件，他根本就闲不下心在家养病，于是他每天给受伤的眼睛戴上眼罩，在只有一只眼睛能观察的情况下，坚持来到培训中心，继续进行学习和训练。有的同伴看见一只眼睛戴眼罩的李万君坚持练习焊接，就开玩笑说：“看看，这打扮像海盗啊，海盗干电焊了。”李万君听完一笑，他不在乎自己的形象，只在乎单位的形象。下班后，他也坚持用一只眼看远处的电线，看近处的桌子、凳子，回家了还用一只眼练习穿针引线，寻找一只眼的使用技巧。

皇天不负苦心人，在赛前最后半个月的刻苦练习下，李万君克服了一只眼睛看不清焊接缝、掌握不了高矮宽窄的困难，逐渐适应了用一只眼睛进行焊接操作。枪作霹雳电，沙场秋点兵。最终，李万君在那一届全国大赛上获得了二氧化碳焊接单项第一名的好成绩，被大赛组委会授予了“中央企业技术能手”的称号。经过这次全国大赛，李万君一跃成为全国范围内业界人士公认的行家里手。赛后的表彰大会选在扬州举办，组委会要求参会人员着正装出席。但是李万君想到自己本来就是一名普普通通的技术工人，是中国北车培养和成就了自己，所以他决定穿着中国北车的绿色工作服出席表彰大会，并接受表彰。从此，李万君养成一个习惯，无论出席多大规模的会议、表彰大会，只要主办方没有特别穿正装的要求，李万君都穿工装出席。他说，“我代表的不是自己，我是代表长客企业，代表一线工人”。

当李万君比赛完回家，在妻子面前展开“中央企业技术能手”的奖状时，苑红霞这个一直在家照顾公婆、照顾女儿，做坚强后盾的女人忍不住笑着哭了起来。李万君看着妻子这样，自己也心里阵阵发酸，他说：“红霞，我欠你的太多了，等我忙完了，一定好好补偿你。”李万君后来发现，这句话对妻子挺管用，就一直用下去，掐指一算，到现在用了二十多年。

随着时光的脚步，李万君变成“李冠军”，吃苦加钻研，让李万君在全国的各种焊接大赛中越走越远。

2006 年，李万君被国务院国资委授予“中央企业知识型先进职工”称号。

2007 年，李万君被中国北车授予“中国北车金蓝领”称号。

2008 年，李万君被中国北车授予“中国北车拔尖技术

2003 年，李万君利用午休时间苦练客车水箱焊接本领

能手”称号。同年，李万君获得了人力资源和社会保障部授予的“全国技术能手”的荣誉称号，这也是中国北车的员工第一次获得此项殊荣。“全国技术能手”是我国设立的优秀技术工人的最高荣誉，是国家技术人才评选表彰制度的重要组成部分。全国技术能手的评选每两年进行一次，每次评选表彰“全国技术能手”100 名。

2009 年，中华铁路总工会授予李万君“火车头奖章”。

李万君很快就实现全国焊接比赛“大满贯”。

2011年，李万君“问鼎中原”，参加人力资源和社会保障部举办的“技术职工的奥运会”全国大赛，获得“中华技能大奖”。

进入决赛，是时候表演真正的技术了，李万君全身心投入，准备焊接。他看一眼焊件，耳朵上夹根焊条，把焊帽帅气地往脸上一扣，气质非凡。李万君技术豪横，飞弧点睛，亦刚亦柔；平焊仰焊，稳如泰山；一把焊枪出神入化，成为焊枪中的战斗机。脚到腰到，手到枪到，以迅雷不及掩耳之势一气呵成，焊接出的工件个个是精品，仿佛艺术品一样完美无瑕。此物只应天上有，何时焊成到人间？360度无死角，一个个焊件，结实厚重又“英俊”，个个焊件是“帅哥”。李万君的焊接活精件美，在评委中“炸街”，成为这一届选手中“最靓的仔”。

这一年，李万君获得人力资源和社会保障部颁发的“中华技能大奖”，“中华技能大奖”代表着技术工人的最高荣誉，颁奖典礼的地点在中南海的紫光阁。初次来到中南海的李万君心情非常激动，因为这是国家领导人办公的地方，对他来讲，是非常神圣的。但让他没想到的是，心目中以为应该非常豪华的地方，竟然跟自己的想象大相径庭。掉漆的木门、高低不平的地板、老旧的会议厅……这些简单而老旧的陈设直接反映出了党中央的节俭与朴实，这也让第一次踏入中南海的李万君深感震撼，心中更加涌动出对国家、对党的敬仰与热爱。

在隆重的颁奖仪式上，人们称李万君等“中华技能大奖”获得者为“工人院士”。当时李万君还不理解什么叫“工人院士”，后来才明白。原来，截至 2011 年，全国的两院院士有 800 多人，但获得“中华技能大奖”的工人，自中华人民共和国成立后才 140 人，比院士还少，所以人们称他们为“工人院士”。

锲而舍之，朽木不折；锲而不舍，金石可镂。

绿皮火车车厢焊接的终极目标就是滴水不漏，李万君蹲、躺、立、卧、仰、趴、跪……十八般姿势焊水箱，焊接你必须心无杂念！看着焊接烟尘和飞溅，仿佛他的激情也在燃烧！做到了水箱焊接的极致，这种滴水不漏、追求完美的工匠精神，也深深刻印在他今后的工作中。

长春客车厂是中国最大最好的绿皮火车生产工厂，客车厂绿皮火车水箱焊件技术也是全国第一的，在这个焊接团队里，李万君凭借优秀的水箱焊接技能，一次次问鼎焊接大赛的冠军，实现焊接比赛“大满贯”，成为名副其实的中国绿皮火车“焊接王”。

滚滚长江东逝水，浪花淘尽英雄。“焊接王”李万君凭借十几年的刻苦磨炼，将其焊接技术提升到了精益求精、炉火纯青、人枪一体的地步。一把焊枪，枪如蛟龙；百朵焊花，神出鬼没。出长春，进北京，赛江南，荣获车间冠军、全厂冠军、全市冠军、全国冠军，在焊接行业“封狼居胥”。

第六章 中国首批国家级劳模工作室

2010年5月，由李万君负责的焊工首席操作师工作室成立。

在焊接车间领导的大力支持下，最终在寸土寸金的车间办公区为工作室提供了20平方米的办公室。长客公司工会作为职工的娘家人，十分关心李万君劳模工作室的组建，他们联合公司人力资源部为工作室配备了台式电脑、笔记本电脑、投影仪、打印机、单反照相机、录像机、移动硬盘等办公用品和价值5000余元的专业书籍、教学光碟，除此之外，他们还为技能传承活动制作了6000块开坡口试板。

劳模创新工作室，是工会在嘈杂的焊接车间为李万君焊接钻研与创新提供的“绿洲”。这也让渴望学习技能的青工们在这片“月牙湖”里，饮马磨剑，再上征程。李万君和工友们群策群力，让劳模创新工作室变成焊接钻研与创新的“硅谷”。工作室制作了焊工、铆工试件展示台和各种轨道客车转向架焊缝接头教学试样50余件，并配有各种操作规范。后期工作室搬到车间南角后借机进行了一次扩建，变成了60平方米。就是在这个小小的角落里，李万君和工作室的工友们前前后后共获得了30多项发明专利，其中很多都是获奖的作品。

在劳模创新工作室里，李万君和他的工友们为中国高铁走向世界、领跑世界贡献了极大的力量，这其中最为人称道的就是成功发明了“和谐号”的核心部件——转向架的焊接技术，实现了核心技术从无到有的突破。

2015年6月8日，原中国南车、中国北车两家公司合并，中国中车成立，在上海证券交易所和香港联交所成功上市。现有46家全资及控股子公司，员工17万余人。总部设在北京。

2011 年 1 月 8 日，李万君在劳模工作站

2017 年 6 月 25 日，中国标准动车组被正式命名为“复兴号”，于 6 月 26 日在京沪两地正式双向首发。2018 年 4 月，“复兴号”开行再扩容，从北京始发的“复兴号”辐射省会级以上城市的数量达到 15 个。

2018 年 12 月 24 日，时速 350 公里的 17 辆长编组、时速 250 公里的 8 辆编组、时速 160 公里的动力集中等多款“复兴号”新型动车组首次公开亮相。

“复兴号”是中国铁路总公司组织国内企业、高校和科研机构，按照时速350公里运营研发制造的中国标准动车组，集成了大量现代高新技术，其安全性、经济性、舒适性以及节能环保等性能均有较大提升。

焊花飞舞耀车间，铮铮铁骨电焊人。焊冬焊夏焊春秋，焊出高铁精气神。“复兴号”高铁飞奔的背后，是无数和李万君一样的技术工人在攻关支撑。

李万君劳模创新工作室先是试制了四个转向架。转向

2013年6月27日，李万君在劳模工作室对青年员工开展焊接技术传帮带

架的扭杆座是承载重达 50 多吨车体运行时扭动控制的关键部位，对焊接质量的要求极高。工作室开始试制的八个扭杆座焊缝经过检测都不合格，而这直接影响“复兴号”的试制生产，可以说，如果转向架的这个难关攻克不下来，“复兴号”高铁的生产就无法进行。

为了“复兴号”高铁的顺利生产，李万君劳模创新工作室在焊接技术层面狠下功夫。李万君和徒弟们每天起早贪黑，苦苦摸索了半个多月，不断尝试各种焊接方法，最后终于通过改换焊接顺序的方式，发明了全新的操作方法，那就是“一枪三焊”——先焊里面，再焊外面，中间不能停手，要一枪连续不断地焊下来。李万君工作室成功发明了新的焊接技术，完成了党和国家交给他们的任务，保障了“复兴号”的顺利生产。

2017 年，李万君工作室接到通知，长客公司要为已经有 100 多年历史的纽约地铁生产新型列车。

纽约地铁是美国纽约市的城市轨道交通系统，1904 年开始运行，是全球历史较为悠久的公共地下铁路系统。纽约地铁共有 472 座车站，商业营运路线长度为 394 公里，用以营运的轨道长度约为 1121 公里，总铺轨长度达 1370 公里。其名虽为地铁，但约 40% 的路轨形制为地面或高架。

按年客流量计算，纽约地铁系统是美国最繁忙的城市轨道交通系统，也是全世界第七繁忙的城市轨道交通系统，仅仅位居北京地铁、东京地铁、上海轨道交通、莫斯科地铁、韩国首都圈地铁和广州地铁之后。

纽约地铁这次要在地铁轨道线路不变的情况下，更换上线全新的地铁列车，具有相当的技术难度。同时，这个项目的竞争也非常激烈，很多国家都想要中这个标，但是纽约地铁方面的要求非常严苛，投标公司生产的地铁转向架，需要经过130项检测。单在转向架这一项上，就把国际上很多投标的公司给难倒了。最终，凭借出色的技术和过人的经验，中国中车长客公司得到了这个机会。

李万君回忆说：“对焊接技术要求最苛刻的，其实不是中国高铁复兴号，而是给美国纽约地铁生产的项目。这个项目很多国家都想争取，我们更是需要这个机会，因为如果能拿到美国地铁许可证，就相当于为中国高铁走向世界开辟了绿色通道。当时用来检测的四个转向架的材料都是由美国空运来的，钢板厚度是中国高铁的四倍，难度非常大，焊接工艺都要按美国的标准生产。四个转向架都是由我的徒弟来焊的，他们也都是全国省市大赛获奖的

2015 年 1 月 26 日，在试制生产中国标准动车组时，转向架侧梁扭杆座不规则焊缝，经常内部出现焊缝不熔合等质量缺陷，李万君劳模工作室通过攻关解决这一难题

工人。在检测时，其中一个转向架的两个焊口已经修过两次了，美国方面只允许修三次，所以只剩最后一次机会了，只能成功不能失败，否则视为报废。一个转向架报废没关系，如果整个项目报废了，影响会非常不好……等快到下班时，我又来到现场，看到徒弟们都围着转向架转来转去，谁也不敢焊，都怕砸在手里面挨罚。这个时候我心里特别难受，个人的前途和国家高铁的命运哪个重要？于是我做了决定，宁可战死在战场，也不能让困难吓死，我亲自上去焊。经过仔细查看，我发现原来焊接处的里面都

2015 年 11 月 6 日，李万君劳模创新工作室成员合影

焊烂了，那这样的话，外面焊得再好，清理得再干净也没有用，怪不得徒弟们怎么焊也不合格。对待这个事情，我们不能含糊，必须将不合格的焊缝全都磨掉后才能重新焊接，于是我们一遍一遍地焊、修、磨，等到半夜两个焊缝才全部焊完。第二天早上我们进行检测，两个焊口全部合格，这还不算完，一周以后美国还要派第三方国家来到现场，对四个构件进行检测，所有的焊缝检测合格以后才算合格。后来，第三方检测通过了，美方代表才这样说道：‘我们找了很多国家，哪里都没有中国干得好。’这件事情也说明了一个道理，改革开放四十多年后的今天，在党的领导下，中国制造能力逐步达到了世界一流的水平，我们现在的产品也在不断走向世界，各国都有我们的工厂，包括美国。”

自从有了劳模创新工作室，李万君就有了两个家。在公司的家就是劳模创新工作室，技术攻关在工作室，教徒弟在工作室，时间不够用，周末主动加班焊接也在工作室。为了焊接，李万君几乎把自己的所有爱好都戒掉了，不看金鱼不看狗，不看象棋不看鸟，李万君的时间不再是“扫射”，而是就瞄准一点，“狙击”电焊。

每个工匠都是这样成长的，看上去他们有些不合群，

2017 年，美国纽约地铁专家到长客对李万君和工友们焊接的转向架检测后给予好评

不爱参加各种聚餐活动，不会花言巧语讨好人，像有点木讷缺心眼。其实他们是大智若愚，在聚全身之力做一件事，都是在寂寞煎熬中，聚焦目标，心无旁骛，执着前行。

2012 年，李万君的工作室被国家人力资源和社会保障部授予“李万君国家技能大师工作室”荣誉称号。从 2013 年开始，吉林省总工会加大力度对李万君等劳模创新工作室进行宣传。

2014 年，李万君的工作室被全国总工会授予“劳模创新示范性工作室”称号。

中车长客工会、长春市总工会都把李万君劳模创新工作室当作一面旗帜，引领更多劳模工作室建立成长。仅在长客公司，就又出现两个著名劳模工作室，一个是由谢元立领创的“谢元立技能大师工作室”，另一个是由罗昭强领创的“罗昭强国家技能大师工作室”。至此，李万君、谢元立、罗昭强共同组成了“长客高铁工匠工作室的珠穆朗玛峰”。

劳模创新工作室，是李万君和同事们的研究室、更衣室、加班休息室、学习室，这里有书籍论文、有焊接工具，助推李万君在焊接专业领域不断突破与创新，为中国高铁技术升级一次次作出贡献，为中国高铁走向世界助跑。

2017 年，李万君工作室完成纽约地铁的工作后又再接再厉，接着为澳大利亚的悉尼生产双层客车。这是中车长客公司与唐纳公司联合获得首单 24 列悉尼双层列车的研发与制造订单。

当时澳大利亚在生产部件的时候，中途改了设计工艺，造成 10 个部件不合格，从澳大利亚退回检修，制约了生产。李万君一看就知道了个中情况，说这个设计工艺

2017 年 4 月 23 日，李万君在劳模工作室钻研技术

有问题，需要进行修改。当时澳方满脸不屑，上一眼下一眼，看了李万君七八眼，说中国普通工人没有资格改他们的工艺。李万君说如果按他制定的标准焊，根本不能完成，果然后来又焊了两天还是没有合格的。这次澳方傻眼了，李万君还是坚持修改焊接标准和工艺设计，澳方也没招了，只能勉强同意李万君按自己设计的工艺去焊接，李万君让徒弟拿走澳方图纸，凭着自己多年焊接经验，快速在自己脑海中画出一张图纸，把悉尼双层客车焊件在脑海中分拆组合旋转。李万君不慌不忙，提枪上阵，仿佛大将变阵，休、生、伤、杜、景、死、惊、开，四面八门，千军万马，重新排练，合理调整，埋头巧焊，一气呵成。实践出真知，用李万君设计的工艺去焊接，果然就成功了。澳方这才服气，不得不按照李万君的标准把设计工艺改了。

这个事情说明了，我们的产品在走向世界的同时，中国的标准也陆陆续续成为世界的标准。

由李万君所在的中车长客公司负责设计与制造的悉尼双层列车，在上线投入运营以后，得到了澳大利亚当地政府及乘客的一致好评。

李万君深知，干好一批活，留下一个客户；干砸一个

2017年4月23日，李万君正在加班焊接

活，赶跑一批客户。中车长客公司良好的合同执行能力，给澳方留下很好的印象。2019 年初，长客公司与唐纳公司再度联合获得澳大利亚悉尼城市双层客车项目二期采购订单，订单包括 17 列双层客车的研发制造。历经 400 多个日夜，克服疫情对生产进度和物资采购、进口供应商售后支持等方面的制约，终于在 2020 年 5 月，首列车得以正式成功下线，“中国速度”赢得海外业主及合作伙伴的充分肯定。

第七章 焊接教头两万兵

制造业是国家经济发展的基础，目前我国制造业依然缺少大批高水平的、新技能、较高稳定性的技术工人，制造业的技术工人断层，已制约制造业转型升级、制约制造业品质革命。

因此，我国进一步加强职工技能教育及技能比赛，加快培养一批高水平、拥有稳定技术的工人队伍，并提高技术人员的待遇，打通技术人员、技工队伍的晋升通道，让其获得相应的物质条件和政治荣誉，让技工这个群体得到社会的认同，让“八级工”“大拿”再次焕发荣光，为我国制造业快速向前奠定人才基础。

为破解中国高铁焊接人才培养的燃眉之急，2010 年，42 岁的李万君开始参加工会组织的技术传承活动，培养中国高铁急需的青年焊工技术人才。

2007 年，全国铁路第六次大提速，“和谐号”动车组开始投入生产，这是中国高速铁路史上一座重要的里程碑。当时，市场需要大批动车投入使用，大批动车下线组网，但国内不仅仅是生产技术方面比较薄弱，高铁转向架焊接人才也缺乏，成为制约中国高铁发展的瓶颈。

2008 年，长客公司引进德国西门子时速 350 公里高速动车组技术，但与之相匹配的高技能工人十分缺乏。德国人提供的转向架焊接试验片，只有李万君一个人能焊出来。为实施新项目，公司成立了新产品车间，抽调高素质人员，还从技校招来了 400 多名学生让李万君培训，要求短时间内就让他们具备生产能力。

长春市劳动局还为此在社会上发布招聘，由此又吸引来 100 个在市内其他单位堪称“高手”的电焊工人到李万君的单位进行考试。但这些工人技术水平有限，多数只会使用焊条，不会使用二氧化碳焊接，这是因为当时市内的其他企业都没有如此高标准的技术要求，更没有这样的设备。

眼看在社会上招工这条路是行不通了，李万君所在的中国北车集团决定，采取“校企联办”的形式，组织聘请学校的教师对工人进行培训。由于工人们需要考取“国际焊工资质证书”，所以单位领导第一个就想到了去德国的培训机构聘请教师。德国的培训机构为这次“校企联办”设计的方案传过来了，长客公司方面傻眼了。培训时间长，制订的培训计划是两年，两年时间才能培训出来转向架焊工，然而市场等不了，过两年“黄花菜都凉了”。培训费用高，培训教师的薪资是按小时计算的，而且是从德国机场起飞就开始计算。周末必须休息，圣诞节等节日还要飞回德国去过节，费用都由长客公司承担。这样算下来，严重影响和制约了高铁的生产计划。

吃面包的洋老师请不起，就请吃大米饭的土老师。由于李万君早在 2005 年就已经获得了二氧化碳焊接技术比赛的全国第一，单位的领导最终一致决定：不聘请德国教师，而是由李万君担纲培训。

他强由他强，清风拂山冈。他横由他横，明月照大江。为了能够给大家上好课，李万君将自己多年以来总结出来的二氧化碳焊接操作手法、实践经验都归纳总结成一份讲义，再制作成简明扼要的幻灯片给大家展示，这份自制的资料内容翔实，细节精到，甚至连操作时的姿势、焊枪的角度都囊括了进来，学员们一看就能够明白。讲义得到了大家的认可，培训效果非常好。

李万君不是照本宣科，而是用自己的实践经验来讲课，一开口就直接讲怎么焊接，易学易懂，学完就能用。比如，有学员问，为什么焊接时焊口会出现夹渣。李万君就用焊件当教具讲，焊条熔池的药皮不能及时涌出来，就会形成夹渣，疙疙瘩瘩，这种情况就应该使用画圆法，加大电流，让药皮及时涌出，这样就会把焊件焊得又结实又漂亮。

“李教头”教法新颖，眼光独到，学生一蹲下实际操作，身体靠哪儿，角度怎么样，电流声音如何，他一看一听，就知道问题在哪儿，指导时往往一语中的，因而即便是再复杂的技术，学员们也能很快掌握。李万君焊接技术的秘籍就是勤奋。李万君上马当焊工，焊接转向架；下马当教头，教学员们焊接。十八般武艺，样样精通：熔焊、压焊和钎焊、电弧焊、氩弧焊、二氧化碳保护焊、氧气－乙炔焊……李万君知识渊博，倾囊相授，有一整天的电，就发 24 小时的光，死磕焊接技术的传承。

李万君经常在现场和学员互动，有时用嘴回答问题，有时用焊枪回答问题。为了方便学员们观察、调整自己的操作方法，李万君还想了一个土法子，就是自己年轻时发明的“少林寺蹲马步系列焊接学习法”。他让这 400 多名学员在使用的二氧化碳焊枪前面挂上一个毛笔头，再蘸上墨水写字，这样既能练习操作姿势，还能练习手眼配合的方法，教学效果非常好。

扣上焊帽，戴上皮手套，手握焊枪，李万君一边全神贯注地操作，一边讲解着关键技术：“铁棒磨绣针，功到自然成。单面焊双面成型挑立焊，需采用与教科书相反的反月牙焊法，这样才能保证焊缝两边不咬边，中间不淌流、鼓包；有将军肚的学员，蹲下作业时，膝盖得分开，不能压到肚子，以便保持气息匀稳……”

为赶时间，李万君去各个工位和上厕所都一路小跑，生了病就吃药顶着。每天大量上岗实操教学。中午食堂饭点先不去，等大家吃完了再去，就是为了节省点儿排队的时间。还要经常写教程到半夜。

电焊工作脏、累、苦，尤其是夏天，那就是免费的汗蒸。讲课比焊接干活还费心费力，就这样，不到两个月，李万君的体重掉了 10 多斤！

职工技能传帮带，一直是各级工会鼓励的技能传承方式，长客公司工会大力支持李万君的技术传帮带，收徒当师父，李万君的徒弟越来越多，成千上万的焊接弟子，让李万君成为焊接派掌门，江湖人称“李掌门”，是长客车钳铆电焊的五大掌门之一。

神枪手是子弹喂出来的，好焊工是焊条烧出来的。手要稳住，心要沉下。读书破万卷，下笔如有神。作文如

2012 年 6 月 7 日，青工焊接技术集中培训，李万君正在讲课

此，当焊工也是如此。最终，400多名学员全部提前半年考取了国际焊工资格证书。德国西门子公司的焊接权威布鲁诺竖起大拇指对李万君说：“李，你创造了奇迹！”在一次次试验、一遍遍总结的基础上，李万君取得了一批重要的核心试制数据。专家组以这些数据作为重要参考，编制了《超高速转向架焊接规范》，这在指导批量生产中解决了大量难题。

校企联办结束以后，李万君一直也没有摘下师傅的帽

2012年4月6日，在长春市总工会举办的重工机电系统劳模高技能传承活动焊工交流中，李万君传授焊接技能

子。这么多年在企业内部培训和社会培训，他总共进行了将近600场的焊工培训，培训2万多人次。同时，李万君的工作室还是长春市劳模创新工作室，承担着省市内各企业的高技能焊接人才传承任务。

有人说，李万君就像春天成熟的蒲公英，风儿一吹，就把技术的种子撒在了大地上。只要有这样一朵蒲公英，附近的田野不久就会开满蒲公英花。

李万君带徒弟严字当头，只要练不死，就往死里练。他崇尚一技之长，也让徒弟们立志成为一匠。他要求徒弟们先练好基本功，在干中学，在学中干，示范教学后让徒弟们反复练习，这也使徒弟们很快就学会了普通电焊中的立焊、平焊、横焊、仰焊等，打下了坚实的技术基础。此外，李万君还能够做到因材施教，重点培养那些对焊接感兴趣也愿意吃苦的徒弟，鼓励他们参加各种比赛。

何岩是李万君的大徒弟，他在采访中回忆道："2009年，当时应该是我第一次参加公司以外的焊工竞赛，没有实战经验，技术也不行。当时车间就安排了李师父对我们几个参赛选手进行突击培训。李师父每天陪我们练到晚上九十点钟，看师父这么累，我们当徒弟的也不好意思混。咱也得争点儿气啊！最终我拿到了长春市焊接比赛的第三名。"

如果说何岩是李万君的“胖徒弟”，那么王善更则是李万君的“瘦徒弟”。王善更是一个聪明的小伙子，他在焊接方面非常有天分，因此李万君就鼓励他参加长春市焊工大赛。回忆起当年师父对自己的关心，王善更感觉一切历历在目，他告诉笔者：“2013 年我第一次参加长春市职工职业技能竞赛，这是我第一次参加大型比赛，也是我第一次接触手工电弧焊。那个时候，我白天上班，焊枪一拿就是一天，为完成生产任务，没一点儿空闲时间，只能利用下班时间练习比赛技能，有时为了解决竞赛难题，经常加班到晚上 12 点。在偌大的车间，李师父带领着我们几个徒弟在练习。师父亲自上手为我们示范焊接动作，像老猫教小猫上树一样，一个动作一个动作地分开教。就这样，我们备战了三个月，师父也加班加点地陪我们训练了三个月。看到师父回不了家，陪不了父母家人，半夜半夜地跟我们几个大小伙子一样熬，困了就洗洗脸，饿了就吃方便面，烫破衣服烫到胳膊，也不吭一声。这些让我们很感动，也很心疼。”

2013 年，徒弟何岩、王善更、董泽民分别获得长春市焊工大赛前三名。

2014 年，徒弟孙维鹏、朴东岳、张野分别获得长春市焊工大赛第一名、第三名和第四名。

2015 年，徒弟王善更、何岩在吉林省焊工大赛中获得第二名、第三名的好成绩，并被授予吉林省“五一劳动奖章”。

值得一提的是，徒弟王善更于 2018 年第一次到北京参加“嘉克杯”国际焊接大赛。“嘉克杯”国际焊接大赛是世界上规模最大、影响最广、技术竞赛水平最高、比赛项目最全、参赛选手最多的技能单项赛，是国际焊接技术与技

2019 年 9 月 19 日，吉林省劳动模范表彰大会，李万君（中）与成长为吉林省劳动模范的徒弟何岩（右一）等合影。图中左一为当时吉林省特等劳模罗昭强。

以李万君为代表的中国高铁职工

能水平的风向标，其影响力遍及全球，被誉为“焊接领域的世界杯”。2018 年 6 月 10 日，来自 21 个国家和地区的 388 名参赛选手进行了 323 项次紧张、激烈的焊接技能比拼。选手们都发挥了水平，展示了技艺，亮出了绝活儿，呈现了一场精彩的赛事，最后决出了多项团体奖和个人单项奖。其中，中国中车股份有限公司、中国海洋石油集团有限公

2018 年 6 月，李万君的徒弟王善更获得国际嘉克杯铝合金焊接大赛第一名，何岩获得表演赛第一名，卢智远获得手工电弧焊第 11 名，丁健获得二氧化碳气保焊第 25 名

司、中国能源建设股份有限公司获企业组团体金奖。而李万君的徒弟王善更心态平稳，发挥超常，以完美的焊接技术，赢得评委的一致好评，获得了“嘉克杯”国际铝合金焊接大赛第一名——这是世界焊接大赛的第一名！

李万君这位中国焊接大赛第一的师父，教出了世界焊接大赛第一的弟子。

李万君劳模创新工作室像一个青年职工学习技术的“车间里的大学校”

第八章 中国高铁焊接大师

这是一个呼唤大师的时代。多大的荣誉都没有让李万君放下焊枪，他专心焊接，精练技术，不骄不躁，心平气和。李万君从来没有把自己当成大师，比起年轻人来说，他自认为只是烫伤多一点儿，李万君一直把自己定位为“李老焊”。

老枪不畏雪，怒马啸秋风。对于老焊工李万君来说，焊枪已经成为身体的一部分。李万君宝刀未老，焊枪上安刺刀，迎难而上，迎接新型材料焊接新挑战。

焊花千遍语，焊枪万重情。焊枪就是李万君胳膊的延伸，焊铁焊铝焊青春，焊出铿锵激越，焊出力透铁壁，焊出荡气回肠；焊花如跳舞的精灵，冷艳孤傲落粉尘，照亮李万君的是枪的风骨、人的精神。

中国中车长客公司目前是世界上生产规模最大、装备水平最高、研发能力最强的高速动车、城铁车转向架的研发、制造、出口基地。但想当初，长客公司连一台转向架也生产不出来。

1991 年，原中国铁道部组织专家完成了《京沪高速铁路线路方案构想报告》，第一次正式提出了“建设高速铁路”的构想，几十年来，以“和谐号”为代表的中国高铁走出了一条从无到有、从追赶到领跑的可歌可泣的伟大道路。尤其是最近十年，国家紧锣密鼓地不断试制新车型，铁轨上跑起来的高速列车越来越快，跑出了“中国速度”的风采，然而这些列车成功下线运营的背后，是生产过程中的一道道难关、一次次突破。

“和谐号”动车组，通常用来指 2007 年 4 月 18 日起在中国铁路第六次大提速调图后开行的 CRH 动车组列车。CRH（China Railways High-speed）的中文意思是“中国高速铁路”，是中国铁路总公司对中国高速铁路系统建立的品牌名称。

高铁，中国国家铁路局的定义为：新建设计开行250公里/小时（含预留）及以上动车组列车，初期运营速度不小于200公里/小时的客运专线铁路。

动车，全称动力车辆，有高寒型与城际型之分，主要是指轨道交通系统中装有动力装置的车辆，包括机车和动力车厢两大类。

“和谐号”动车组是我国铁路全面实施自主创新战略取得的重大成果，标志着我国铁路客运装备的技术水平达到了世界先进水平，中国也由此成为世界上少数几个能够自主研制时速380公里动车组的国家。

2007年，李万君的工作室参加了“和谐号”的生产工作，主要攻关转向架焊接，这是他第一次面对来自未知领域的挑战——参加工作这么多年，李万君还没有参与生产过行驶速度这么快的列车。之前，李万君参与焊接的都是时速100公里左右的绿皮火车上的零件，而“和谐号”的标准时速是250公里，速度翻了一倍有余，对安全性的要求也大大提高了。

那一年，作为全国铁路第六次大提速主力车型，时速250公里动车组在长客公司试制生产。由于转向架环口要

2007 年，李万君劳模创新工作室攻克“和谐号”动车组转向架环口不熔合难题

承载重达50吨的车体重量，因此成为高速动车组制造的关键部位，其焊接成型要求很高。试制初期，因焊接段数多，焊接接头极容易出现不熔合等严重质量问题，一时成为制约转向架生产的瓶颈。

在轨道交通装备领域，转向架相当于人的双腿和双脚，负责牵引车辆沿轨道行驶，承受和传递来自车体以及线路的各种载荷，这个直径仅有20厘米的焊接环口，不仅要承载整车约50吨的重量，更要承载千余名乘客的生命安全。转向架决定着列车运行的品质和安全。在高速运行时，这种安全价值愈加突出。正因如此，动车组、高铁速度的提升，很大程度上都依赖于转向架质量的提升。

在李万君的工作室参与生产以前，“和谐号”上的转向架都是花大价钱从国外采购的，然后由国外的专家进行指导安装。我们虽然花了大把的钞票购买了图纸，却无法接触到人家最核心的生产技术。因此，表面上看起来，中国能生产和谐号动车组，但是细究之下，核心技术还是牢牢掌握在外国专家的手里。外国高铁焊接的核心技术是买不来的，因为他们就是想卡中国人的脖子。外国有些公司，还是习惯把不掌握动车核心技术的长客公司当成提款机，找个技术节点，就收“保护费”，否则就“砸场子”。而即

2010 年 5 月 27 日，长客高速车制造基地一期工程竣工典礼

中国北车长春轨道客车股份有限公司
高速车制造基地一期工程竣工典礼
中国·长春 2010.05.27
CNR
中国北车

使交了天价的买路钱，也买不来核心技术。

世界高铁之家就不让中国进去吗？没有门就跳窗户，不开窗就破墙。挤进去，站稳脚。为了走出这个困局，我国第一个转向架焊接生产的任务，就交到了李万君的手中。当时，李万君被誉为客车厂焊工第一高手，多次获得全国大赛的第一名，却在面对这个转向架时发了愁。李万君蹲在转向架边上苦苦思索，不是焊枪、焊条等问题，不是焊接成型的问题，一定是焊接方法有哪里不对。认识到自己的思路出现错误以后，李万君就去看购买的进口转向架的焊接，然后回工作室仔细研究。

李万君一心要把转向架给干好。他趴在冰凉的样件上一琢磨就是几个小时，一连几天，几乎每顿吃的都是凉饭，困了就睡在椅子上，因为心里有事，睡不踏实，常常一个激灵就坐起来，洗洗脸再想再焊。

按李万君的想法，一个小管插在一个大管里，就得把横梁和侧梁连接的部位给它焊一圈，因为动车的速度快，那就得把焊缝焊得越厚、越高、越结实。于是，他就一段一段地把焊缝焊得非常高、非常厚，接头也非常多。架子焊完了，也修磨完了。李万君信心满满，估计八九不离十，自认为应该能成功。过了一周，几个外国专家和公司

2011 年 10 月 10 日，李万君正在忙着技术攻关

2014 年 4 月 2 日，李万君研究焊接技术

的技术员来到现场进行首件鉴定，看看到底能不能生产。人家一检查，就说“No，No，No”，说“中国焊工不行”，焊脚高了，接头多了，等等。当时弄得李万君满脸通红，那天午饭都没吃好。李万君心里憋了一股气，心想：外国人能干的，中国人也一定能干出来。那有没有什么新的焊接办法呢？

在工作室反复的研究实验中，李万君发现了一个规律，那就是一边焊一边走，围着转向架环口焊缝转一个圈，使其中一个接头焊在后面，最后再把后面的这个接头打磨一下，那样完成的环口焊就像艺术品一样了。“那么，能否一枪把这个环口焊下来呢？”李万君提出了这个想法，来自阿尔斯通公司的法国专家认为这不可能。

李万君不信邪。就在一次次试验、一次次磨合中，他发现：当焊枪嘴挨着大管子根部时，人可以呼吸、眨眼，移动脚下的步伐，轻轻动动身体；而当焊枪焊到焊缝外部时，则必须屏住呼吸，瞪大眼睛，不能咳嗽，不能与人交流，甚至不能随便眨眼。使用焊枪在围着构架行走的600毫米周长360度中，随时都要变换身体的姿势，就这样边焊边走，围着它转一圈，使得焊接过程只产生一个接头。天下武功，唯快不破。就这样，李万君一气呵成地把转向架焊接完成，600毫米没有节点，没有瑕疵，保证了焊接的内部质量。

焊接完了，李万君对自己鼓捣出来的焊件也不敢打包票，毕竟过去都不是这样焊的。又过了一周，几个外国专家到现场检查，看了李万君焊接的转向架后非常惊讶，不禁感叹道：“真的没有想到，中国焊工从不会焊到会焊，只用了不到一个月的时间，中国焊工太厉害了！无论是焊缝外观、探伤，还是高度差、宽度差、咬边、正面和背面成型，都几近完美。世界上最牛的焊接机械手都无法完成的任务，他‘一枪’做到了。”

就这样，李万君创造了一枪焊完转向架环口的新方法，古有“小李飞刀”，今有一枪焊完，“李一枪”的美名也传开了。

为了让更多焊工掌握这一技术，不久，李万君总结出“构架环口焊接七步操作法”，按照此法可一枪焊完整个环口，并总结道：“核心的技术是把焊枪喷嘴做小，以适应小角度和远端的焊接，焊接时不能大口喘气，以保证稳定性。”这个令法国专家十分惊讶的“绝活儿”，现已成为长客公司的一项技术标准。在李万君看来，“无论外国怎么进行技术封锁，我们都要想尽一切办法去革新和突破核心技术，这是中国高铁产业工人义不容辞的责任”。

“技术工人要高度自觉，争当创新主角，在中国制造走向中国创造的进程中贡献力量。”李万君这样定位他的角色。

解决了高铁卡脖子技术之一的转向架焊接问题，中国高铁才逐渐牛了起来。外国人在转向架焊接技术这块卡中国人脖子的时代从此一去不复返了！由此开始，我国终于掌握了高铁核心部件转向架的焊接技术，由李万君发明的焊接方法也获得了他们集团公司和吉林省的创新奖。从此，“和谐号”的转向架就全部都由中国焊工进行焊接并投入了批量生产，再也不用依赖外国进口，保证了中国高铁自主研发的顺利进行。

2008年，中国北车从德国西门子引进了时速达350公里的高速动车组技术。由于外方此前也没有如此高速的运营先例，转向架制造成了双方需要共同攻关的课题。于是，李万君参加了转向架焊接工艺评定专家组，并在其间发挥了高技能人才的特殊作用。结果，以李万君试制取得的有关数据为重要参考，企业编制的《超高速转向架焊接规范》在指导批量生产中解决了大问题。

此后，李万君又编写了图文并茂的《焊接典型质量问题汇编》，制定了《转向架铆焊工标准操作手册》，提炼出《焊接艺术化标准》，他创新的工艺填补了我国氩弧焊焊接转向架环口等方面的空白。

人生要像焊件的钢铁一样坚强，才能像焊花一样在熔合中迸发出璀璨的光芒。

高铁工匠李万君，永远在路上。2019年，李万君和

2019 年 12 月 6 日，李万君在研究新型材料焊接技术

他的徒弟们参加了长客公司关于新型材质转向架的焊接研究。新型材料的特点是重量轻、强度高，而且耐腐蚀性好。之前的转向架材料是两吨，用新型材料可以减少一吨。它的强度和耐腐蚀性远远超过我国当时使用的传统材料，也是世界上首次对该种新型材料转向架的焊接。李万君和他的徒弟们在试验中遇到很多麻烦，其中最主要的是焊接设备问题，原有的焊接设备用不上，需要使用不常用的 TIG 焊接设备。而在使用过程中，遇到了很多问题，最主要的是新型材料对于焊接的温度要求非常高，焊接的气体保护也很重要。在不断试验中，他们制作了很多实用的小装置，包括焊接时的气体保护装置等，这种防止焊接变形的方式完全符合要求，可以直接进行下一道工序。如果新型材料转向架可以批量生产，将为中国高铁的转型升级提供可靠的支持。

第九章 在全国劳模大会上宣读倡议书

1950 年以来，党中央、国务院先后召开过 16 次大规模的表彰大会。

1950 年 9 月 25 日至 10 月 2 日，全国工农兵劳动模范代表会议在北京举行。中央人民政府授予“全国劳动模范”称号 464 人。

1995 年开始，全国劳模和先进工作者的评选表彰工作基本形成了每五年一次的固定届次，每届评选表彰先进个人 3000 名左右，由国务院授予“全国劳动模范”或“全国先进工作者”称号。

劳动模范是劳动者的杰出代表，是最美的劳动者。劳动模范身上体现的劳模精神、劳动精神、工匠精神，是伟大时代精神的生动体现。

2015 年，对李万君来说，是光荣的一年，47 岁的李万君当选为全国劳动模范。

在 2015 年庆祝“五一”国际劳动节暨表彰全国劳动模范和先进工作者大会上，李万君代表全国参会的近 3000 名全国劳模和先进工作者，宣读了倡议书《在实现中国梦伟大征程上阔步前进》。

大会结束，李万君回到长客公司后，给全厂职工做报告，详细地回顾了自己在全国劳模会上宣读倡议书的经历：“2015 年 4 月 25 日下午，我接到通知，让我坐 26 日晚上的飞机进京，全国总工会有事安排我去做。”

2015年4月26日晚上10点，李万君到全国总工会（以下简称全总），全总有关工作负责人严肃地告诉李万君，全总经过多方考虑，决定由他宣读倡议书。听到这个消息，李万君乐坏了！这就如同一个大奖砸在了他的头上，要知道这是一个光荣、神圣的使命，这个位置代表着巨大的荣誉，习近平总书记还会亲自给他颁奖。光想一想，李万君就觉得很激动，但同时他也有很大的压力，生怕在宣读倡议书的时候读错或是表现不佳，没有达到应有的气氛和倡议的效果，对不起全总领导的重托，也对不起吉林省的劳模代表和中国北车及长客公司全体员工。

但是，不管是激动也好，还是担心也罢，这个事情是一定要做的。李万君回忆道：“我拿到倡议书后，便回到我的房间，张老师是特意从全总文工团赶来指导我念倡议书的。当天晚上张老师就把倡议书的该停顿或易念错的地方标上了，把语气高昂或者低沉的句子也标记了出来，便于念时达到效果。晚上 11 点左右，张老师走了，临走时告诉我早点休息。我嘴上答应了，但哪里睡得着？”

全国劳模表彰大会是要通过中央电视台进行现场直播的，不能出半点儿错，如果出了错，全国人民都会看到的，这是李万君第一次出席这样重大的场合。不仅如此，他还要在众位党和国家领导人的注视下，进行倡议书的宣读。李万君半分也不敢马虎，他打起了十二分的精神去迎接这个挑战。倡议书的内容只有短短三页 A4 纸的篇幅，不到 1500 字，顺畅地读下来，大概只需要六分钟。虽然看着一点都不难，但是李万君却翻来覆去地读了好多遍，等他抬起头来一看表，已经是半夜 12 点了。想到第二天就

2015 年 4 月 26 日，长客公司欢送李万君赴京参加全国劳模表彰会

要进行试讲，李万君赶紧简单地洗漱一下就睡觉了。

2015 年 4 月 27 日，李万君早上 5 点就醒了，醒了就开始继续练习。那两天他就只在全国总工会职工之家宾馆生活，不上街，不会客，吃饭也只在宾馆里吃。

早饭后，相关工作人员带着李万君去全总 14 楼会议室，等全总领导试听。现场有十多个领导来观看试讲，李万君非常紧张，为了给自己壮胆，他就特别大声地朗读倡议书。但由于紧张和激动，眼前的文字仿佛都跳起了舞，转起了圈儿，李万君念着念着就卡壳了，站在台上手足无措。张老师赶紧上前跟他沟通调整，指出他朗读时的语音语调，还为他纠正了一些发音问题。李万君是土生土长的东北人，说话时总是不自觉地带着“东北味儿”，几十年来形成的发音习惯很难纠正。在场的领导听了以后对他说道：“万君，你就不用改口音了，你的东北口音也是你的个人特色。”好在东北话和普通话非常接近，哪怕带着点儿口音也不会让人听不懂，李万君也渐渐放松了下来，朗读也自然顺畅了很多。全总的领导觉得没有什么大的问题了，也就离开了。

全总领导走后，张老师和全总有关工作负责人继续帮助李万君纠正问题，并提出要求。等到中午吃完午饭，李万君回到住处，继续按照老师提出的要求进行练习。晚上6点，64名参加领奖的劳模代表集合，去人民大会堂进行彩排。在彩排时，相关工作人员对李万君的出场规矩、礼仪姿势、行走路线等进行了专门的指导，体现了全总对此次大会的高度重视。

关于这次上台宣读倡议书的服装问题，还有一个小插曲。李万君这样回忆道："来的时候，我准备了两套衣服，一套是在长春火车站前国商大楼花1700多元买的深蓝色雅戈尔西装，一套就是我们长客的工装。彩排出发时，我问全总的领导对领奖时穿的衣服有要求吗？他们说没有。我就把我们长客的工装穿上了，并把我所有的奖章都别在了上面，特别好看。几个领导看过以后也都说好。但是当我转过身来，大家又都说要请示中办的领导，因为我们工装后面绣的'中国北车长客股份'的字号太大了，有点儿做宣传广告的嫌疑。所以，彩排的时候我也是带了两套衣服。后来，中办的领导得知此事，同意我穿工装，说，没事的，工装很漂亮。当时我特别高兴，我觉得这是党和国家尊重劳动、尊重劳动者的一种体现。"

作为倡议书的宣读人，李万君感觉短短六分钟的宣读是人生中最重要的一出大戏，为此，他和工作人员提出，想要在彩排时上台感受一下会场的麦克风，为第二天的宣读做准备。工作人员同意了。

当李万君站在台上时，只觉得台下的一切都变得非常模糊，眼前的灯光变成了遥远的影子。他使出全身的力气将纸上的倡议书大声喊出来，周围的工作人员都被他吓了一跳。由于发声时太过用力，读到第二段时，李万君就累得上气不接下气了。彩排的机会只有一次，从台上下来时，李万君十分失落，觉得自己连这么短短几页纸的内容都没能顺利读完，对明天的正式登台更加没有信心了，紧张得出了一身汗。

正在这时，一位来自唐山的劳模代表走了过来，他半是安慰，半是鼓励地告诉李万君，他朗读时用力太猛了，不应该在一开始就使足了力气，如果前面只用一半的力气，那么到后面升华的部分音调还有上扬的空间。李万君听完便想再去台上试试，可是这时候话筒已经关了，会场的灯也陆续暗了下来，彩排已经结束了，工作人员也正在渐次离开。原来，彩排结束后，人民大会堂便开始戒严了，除了几个安保人员还在附近，其他工作人员都早已经回去了。李万君这才回过神来，赶紧离开会场，坐车回到了宾馆，当天晚上8点多，李万君回到了自己的住处，留给他准备报告的时间不多了，为了完成全总交给他的神圣使命，也为了向吉林省全体劳模代表和中国北车 10 万名职工交上一份满意的答卷，李万君又反复读，每读一遍，都用手机录下来，然后听，看哪些地方没有停顿，哪些地方音调应该升高。就这样，李万君一遍遍练习，反复纠正，直到深夜。

2015 年 4 月 28 日，李万君一早就进入候场，为了一会儿的宣读，他连早饭也没吃好。因为怕上厕所，他不敢吃肉，不敢喝粥，只吃了些干饭、青菜，然后用温水润了润嗓子。

全总卢老师上午 8 点多就把李万君等参加领奖的劳模带到了人民大会堂。李万君利用这最后的机会，赶紧到人民大会堂一侧安静的地方，把那三页纸小声读了起来。与其说是为了熟悉稿子，还不如说是为了安抚自己紧张激动的情绪。

很快，全国劳模表彰大会正式开始了。

颁完奖后，李万君没有和大家一起回到座位上，而是去了后台等候大会第四项——宣读倡议书。在后台按前一天的安排，工作人员端来一杯 50 度的温开水，李万君只是含了两口，润润嗓子，随后就有工作人员让李万君上台了。

李万君迈着稳健的步伐，走到主席台上距离发言的讲台三米处，向会场的全体劳模和先进工作者行了个礼，然后又转过身向台上的全体领导行了个礼，才走到发言台前。此时，李万君的紧张情绪已经渐渐平复了下来。是全总领导对李万君的发言培训及中国北车全体员工对高铁事业的热情给了李万君信心，他开始按照培训时的要求宣读倡议书《在实现中国梦伟大征程上阔步前进》。在宣读前，李万君心里暗自提醒自己要读得略慢一些，吐字再清楚一些，只有这样，才能在读完上一句后，看好下一句，不会读错，也只有这样，才能做到该提气的地方提气，该停顿的地方停顿，使宣读达到效果。张老师曾在培训时说过，如果他发挥得好，下面会给他掌声的。果然，当李万君读到第三段时，台下真的响起了热烈的掌声。这掌声是对李万君的鼓励。等掌声结束时，李万君以更加坚定的信心，宣读完倡议书的后三段，此时李万君已经完全进入了角色，读得非常投入，非常有气势。当读到最后“踏上新征程”的时候，李万君情不自禁地挥了下拳头，这个动作不是事先排练的，是李万君发自内心自己做出来的。会场上随之也响起了经久不息的掌声，而这一幕也让会场中的

2015 年 4 月 28 日上午 8 点，47 岁的李万君于 2015 年庆祝“五一”国际劳动节暨表彰全国劳动模范和先进工作者大会会前，在人民大会堂外一角熟悉会上要宣读的倡议书《在实现中国梦伟大征程上阔步前进》

记者抓拍了下来，成为当天表彰会上的经典一刻。

全国劳动模范和先进工作者大会胜利闭幕。一回到长春的家里，李万君把从北京带回来的讲话稿拿出来，赶紧和爱人、父亲一起，到网上找到了自己宣读倡议书的视频，放一会儿视频，暂停一下，逐字逐句地核对，发现当时自己一个字都没有读错，这才长长地出了一口气。

第十章 为了总书记的嘱托

北京　第一次握手

2015 年 4 月 28 日，在北京人民大会堂召开的庆祝“五一”国际劳动节暨表彰全国劳动模范和先进工作者大会上，习近平总书记与李万君握手，并颁发全国劳模证书。

大会第三项，64 名全国劳动模范和先进工作者代表依次登上主席台，由党和国家领导人向他们颁发荣誉证书。

李万君为了能多和习近平总书记说上一句话，便紧跟着前面的劳模代表，等到了总书记颁奖的时候，他边和总书记握手边说：“您好，总书记，我是中国北车李万君，感谢您对高铁发展的大力支持！”这时总书记面带微笑，一边把全国劳模的证书递给李万君，一边说：“你们为国家争得了荣誉，回去要再接再厉。”总书记的话让李万君非常激动，他本来还想多和总书记说上几句话，但是大家已经陆续转过身进行合影了，他便也转过身来。

2015 年 7 月 2 日，转向架车间，李万君在焊接高铁转向架

长春　第二次握手

2015年7月17日，习近平总书记考察中车长春轨道客车股份有限公司。

提前接到上级通知的李万君非常兴奋，曾在全国劳模大会上宣读倡议书的他，被公司领导选出来，向总书记汇报工作。当天，李万君和工友谢元立这两位全国劳模代表，一同迎上前去，和总书记握手，并汇报工作。李万君心潮澎湃，激动地跟总书记开口道："总书记您好，这是咱俩第二次见面了。两个月前，在全国劳模表彰会上我宣读了倡议书，是您亲自给我颁发的荣誉证书。"总书记高兴地说："劳模代表光荣。"

合肥　第三次握手

2016年4月26日，习近平总书记在安徽合肥主持召开了知识分子、劳动模范、青年代表座谈会。李万君也有幸参与了这次座谈会，并两度与总书记握手。

李万君在回厂做报告时，汇报了这次参加合肥座谈会的过程和心得："4月26日下午3点，我们来到中国科学技术大学，在二楼会议室开会。当时我们是按桌签就座，我的位置在前排，可以近距离聆听总书记的讲话，心里特别激动。4 点 20 分，总书记进入会议室，我是第二个与总书记握手的，心情依旧特别激动。我跟总书记说：‘总书记您好，我是中国中车长客股份公司、高铁焊工李万君。’总书记微笑着和蔼可亲地说：‘好。’5 点 30 分左右会议结束，总书记再次与现场的知识分子、劳动模范、青年代表一一握手，我在第二次握手时说：‘您好总书记，您去年 7 月份到我们中车长客股份公司视察，在现场和我们说，中国高铁是一张亮丽的名片，希望我们继续领先，领跑。这一年来我们按照您的指示，加快推进俄罗斯高铁建设和美国波士顿、芝加哥、纽约、洛杉矶等重点项目，企业发展又取得了显著的进步。’总书记微笑地说：‘好！’”

2016 年 4 月 29 日，在全国总工会召开的贯彻总书记“4·26”讲话座谈会上，李万君发言说：

我叫李万君，是中国中车长客股份公司的一名焊工，4 月 26 日我参加了习近平总书记在中国科学技术大学主持召开的知识分子、劳动模范、青年代表座谈会，再次聆听了总书记的重要讲话，心情很激动。去年在人民大会堂劳模表彰会上我宣读的倡议书，总书记为我颁发的荣誉证书，我深受鼓舞。一年来，我们全体员工按照倡议书中提出“用劳动为实现中国梦添砖加瓦，争做有智慧、有技术、能发明会创新的劳动者”的要求，用实际行动努力打造中国高铁这张金色名片。

高铁，既绿色环保，也给百姓出行带来便利，相信在座的大家都尝到了高铁的好处。高铁的建设也拉动地方经济，推动了“一带一路”倡议的实施，目前我们的产品已经走出国门，出口到包括美国、俄罗斯在内的 19 个国家和地区。

4 月 26 日，习近平总书记在讲话中指出，三百六十行、行行出状元，无论从事什么劳动，都要干一行、爱一行、钻一行，在工厂车间里，就要弘扬工匠精神，精心打磨每一个零部件，生产优质的产品，这对高铁行业更是如此。我们生产的高铁列车，有 364 道工序，其中 79 道为关键工序，我们全部采用实名制，每当我们的车辆跑到 120 万公里时，都要回厂进行检修，我和工友们都要主动地去看一看，自己所负责的作业部位有没有变化，是否完好。一个个小小的实名制标签承载着我们对质量的承诺、对社会的责任，更托起广大旅客安全、便捷、舒适的出行梦，我们就是通过这一点一滴的行动来为中国梦提速的。

近年来我通过国家、省、市工会组织为我搭建的劳模工作室的平台，对车间一线员工进行培训，在长客股份公司内部成立高级焊工班和高级铆工班，对焊工采取“大”“小”穿插、“横”“纵”结合的培训方式，组织集中培训300多次，培训焊工1万多人次，考取各种国际、国内焊工资质证书2500多项，满足了高速动车组、城铁车、出口车等20多种车型的生产需要。

为进一步发挥“劳模创新工作室”技能传承作用，我还带领工作室成员，采取“请进来”“走出去”的方式，承担了吉林省、长春市包括中国一汽在内的各企业焊工技能交流传承活动，形成资源共享，共计培训高技能人才15次，累计达1200多人次。2012年8月，在省、市工会的组织下，我还参加了高技能人才赴新疆进行技术援疆活动，为阿勒泰市、布尔津、哈巴河、吉木乃、富蕴地区400多名技术

2017 年 4 月 23 日，李万君正在专注地焊接

工人捧上了精湛技艺的大餐，让劳模精神在千里之外落地生根。2014年被吉林省总工会和全国总工会分别授予“劳模创新示范性工作室”，我本人多次被长春市总工会授予“劳模高技能优秀传承师”。

在我的徒弟中，有20人被授予公司“免检员工”和“岗位能手”称号，工作室有8人获得吉林省第一批首席技师称号。徒弟们分别获得2013年、2014年长春市焊工大赛的前三名，王善更和何岩在2015年吉林省焊工大赛中分别获得第二名、第三名并同时被授予吉林省“五一劳动奖章”。

通过工作室的平台，汇聚大家的智慧和力量，对每年试制生产的新型车遇到的技术难题进行有效的攻关，近年来共计解决生产难题150项，总结优秀操作法37项，有21项获得专利，在国家一级刊物上发表论文10余篇。

在4月26日的座谈会上，习近平总书记说，跟跑是不够的，还要领跑，还要联合创新。在今后的工作中我要牢记总书记的嘱托，充分发挥劳模示范带头作用，要通过劳模工作室的平台，把公司的科研人员和技术人才紧密地联系在一起，形成创新合力，更好地展现中国高铁工人精神，实现“产业报国，勇于创新，为中国梦提速”。

北京　第四次握手

2016年7月1日上午，北京人民大会堂，庆祝中国共产党成立95周年大会举行。在这次大会前夕，全国进行了五年一次的优秀共产党员的评选，在全国范围内选出一百人进京参加庆祝中国共产党成立95周年大会，李万君光荣当选。

2016年6月30日，在大会召开的前一天，举行了迎“七一”文艺会演。会务组选出了20位优秀的共产党员，站在汇报演出的第一排，李万君就在其中。当时，工作人员和他们说，一会儿有党中央领导人要过来，李万君听闻后十分激动。过了一会儿，响起了掌声，习近平总书记一行人走了进来，与李万君等全国优秀党员亲切握手。

第十一章 擦亮中国金名片

中国在不同时代有不同名片。古代时，中国名片主要是丝绸、瓷器、茶叶；新中国成立初期，中国名片主要是乒乓球、熊猫。过去中国的名片少，现在中国名片叠起来了：中国新能源、中国桥梁、中国航天、中国电商、中国交通、中国超算、中国高铁、中国北斗等。

李万君在 8 岁的时候坐上绿皮火车，当时的李万君觉得能坐火车是一件非常时髦的事情。那是在 1976 年，唐山大地震以后。当时都传说长春也要地震，搞得人心惶惶。

李万君的母亲带着他和弟弟去北京亲戚家躲地震。这是李万君第一次坐火车，当时母亲只买了一张火车票，他们是第一天晚上从长春出发，第二天晚上到的。母亲买的是硬座，她抱着弟弟在硬座上睡了一宿，而李万君挤在过道睡了一宿。当时门口的过道上放着他们一个很大的行李，李万君就靠在行李上睡觉，那个时候过道上全都是人，所以能躺下就不敢动了，一动这个位置就没了，所以李万君只能保持一个姿势靠着行李，非常遭罪。

后来，中国铁路进行了六次大提速。第一次提速是1997年4月1日，铁路第一次大面积提速调图全面实施，全国铁路旅客列车运行速度由1993年的时速48.1公里，提高到时速54.9公里。第二次提速是在1998年10月1日，旅客列车运行速度进一步提高，全国铁路旅客列车平均时速达到了55.2公里。2000年10月21日，第三次大面积提速是在陇海、兰新、京九、浙赣线顺利实施。全国铁路旅客列车平均时速又提高了5.1公里，达到60.3公里。2001年10月21日，第四次大面积提速调图开始实施，提速范围进一步扩大，提速网络覆盖全国大部分省区，全国铁路旅客列车平均运行速度达到61.6公里/小时。2004年4月18日，进行了第五次大面积提速调图，全国铁路旅客列车平均运行时速达到 65.7 公里。而到了 2007 年 4 月 18 日，铁路第六次大提速开始实施，这次提速最突出的亮点是时速 200 公里以上的 212 对城际动车组开始运行。经过六次大面积的提速，铁路客车的最高时速达到 250 公里，这已是既有线上的最高速度。而李万君和他的工友们则是这六次大提速背后默默奉献的人，是这六次大提速的基石。

如今，中国已经成为全世界运营里程最长、运营速度最快、高铁数量最多、高铁等级最高的高铁大国，从 2012 年开始研发、2014 年完成方案设计，到 2015 年下线，再到 2017 年正式亮相，“复兴号”动车组的亮相标志着中国高速动车组技术全面实现自主化、标准化和系列化，铁路技术装备达到了领跑世界的先进水平。

一叶知秋，一斑窥豹。国际上一些高铁爱好者圈里曾流行一种活动，名叫“硬币挑战”，就是把硬币立在飞驰的飞机、火车、高铁、轮船、汽车上，看硬币在哪种交通工具上“站立”的时间最长。中国高铁排名第一，表现惊艳，引发了国内外网友的热议。可以说，“硬币挑战”反映出了中国高铁的卓越性能。

2017 年 12 月，李万君从北京到上海出差开会，返程的时候，他没买飞机票，特意买了“复兴号”的高铁票。

虽然自己是“复兴号”的生产者，但还是第一次在京沪线上乘坐时速 350 公里的高铁。以前都是在电视上看旅客的兴奋和惊讶，而这次，不但可以自己切身地去体验，也能亲耳听到大家的真实评价，李万君坐在座位上，车还没开，就听到大家在讨论“复兴号”是多么宽敞、窗户大视野好、全车 Wi-Fi 覆盖等。可以说，“复兴号”的整体设

2015 年 4 月 29 日，李万君乘车从北京返回长春

计非常人性化，舒适度也非常高，就像坐高档轿车一样。李万君听着大家的评价，内心非常自豪。于是，他情不自禁地和其他乘客攀谈起来，他告诉大家，自己就是参与“复兴号”研制的技术工人，并且向其他乘客细致地讲解了“复兴号”的时速、Wi-Fi、冷凝水等方面，尤其是静音的设计，大家一起聊天。当车缓缓开启的时候，不往窗外看，根本觉察不出来列车在行驶。当人们意识到车已经开了，再看向窗外的时候车速已经非常快了。“复兴号”不但运行非常安静，而且十分平稳。

想到之前就有记者在“复兴号”上做实验——把一枚1元钱的硬币放在小窗台上立起来，最长可以竖立10秒不倒，李万君也尝试把矿泉水瓶子倒立起来，放在窗台上，一样屹立不倒。由此可见列车运行得十分平稳。有的乘客问李万君：为什么中国高铁能做到硬币不倒，而外国高铁就做不到呢？听到这个问题，李万君马上变身中国高铁的讲解员，为大家讲解硬币不倒的原因。

原来，当我们乘坐高铁时，我们只能感受到车辆的平稳和舒适，却不知道这一切的基础就是安装在车辆底部的那不显眼的转向架，它就是决定轨道车辆速度和安全的关键。转向架就像高速动车组的双腿，质量要求极其苛刻，因为它不但需要承载50多吨的车体重量，而且要稳固耐用，适应温度的变化。我国的高速动车组之所以能跑出如此高的速度，其主要原因之一就是中车长客公司的转向架技术取得了重大突破。转向架制造技术，是高速动车组的九大核心技术之一。

作为中车长客公司高级工人技师的李万君，说起高铁来头头是道："以前我们是分三段到四段来焊转向架环口，但段数越多，缺陷越多，应力也不均匀，所以直接影响它的使用寿命。为减少焊接段数，我们经过一个多月的反复试验，终于摸索出了'一套一枪'的焊接技术，能将600毫米周长的转向架环口一气呵成焊接好，不留任何瑕疵。所以，只有中国高铁才能做到硬币屹立不倒。如今，中国高铁已经成为'中国制造'的一张耀眼名片和金字招牌。凭借技术先进、安全可靠和性价比高的综合优势，中国高铁'走出去'项目遍及亚洲、欧洲、美洲和非洲。中国高铁达到领跑世界的水平，并且不断'走出去'，代表着大国崛起的铿锵步伐与道路自信，为实现中华民族伟大复兴的中国梦注入了强大动力。"

李万君告诉大家，好日子在后面呢，中国高铁在不断创新发展，在生产完时速350公里的"复兴号"之后，下

吉林团
5年4月28日，吉林劳模团在人民大会堂前合影，李龙熙主席对

2015年11月6日，吉林省总工会向李万君劳模工作室赠送劳模相框。图中右一为本书作者訾波

一步的目标就是时速400公里，再下一步就是时速600公里，到那时，大家出门回家都更方便了，在我们中国，什么人间奇迹都会发生。

李万君的专业解说获得了周围旅客的掌声。

1949年，我国仅仅拥有2.18万公里铁路，没有一条高速公路。中国铁路旅客发送量刚刚1亿出头。

1983年，是中国铁路史上举足轻重的一年，当年的铁路旅客发送量首次突破10亿人次；2013年突破20亿人次；2017年，铁路旅客发送量突破30亿人次。在这样的加速度中，人们出行需求不断得到满足，经济的活力得到充分释放，社会结构也在其中悄然变化。

铁路运输最集中的莫过春运。“过大年”就好比是老祖宗写进咱华夏子孙血液里的程序密码，时机一到，自动开启。1980年，《人民日报》第一次使用“春运”一词来报道大规模的春节客运。四十多年的春运历史，见证了中国城镇化的滔滔潮流，见证了社会整体的发展进步和人民生活水平的日益改善，更见证了中国铁路运输能力因高铁而发生的史诗般涅槃。

每年春节，中国人就像鲑鱼一样游千里返乡归巢，中国人会在40天左右的时间里进行几十亿次出行，这几乎相当于让非洲、欧洲、美洲、大洋洲的所有人搬一次家。春运的总里程就相当于从地球到土星的距离。可以说，这样大规模的人口流动，世界上再无第二个国家有能力承载。2008 年，全国春运看广东，广东春运看广州。中国南方一场百年一遇的特大雪灾，致使数十万乘客滞留在广州火车站广场，成为中国春运史上最不堪回首的一页。

有一种奇迹，名字叫中国；有一种自豪，名字叫高铁。2018 年开始，中国春运画风一改，让一些外国媒体“失望”了，他们已经报道了十多年春运，都是靠中国几十万人滞留某某火车站、世界最大人群拥挤这样的标题吸引眼球。但随着李万君深度参与的中国高铁事业发展，2018 年中国铁路运力大幅提高，人们在网上已经购买完票，在火车站开始有序排队进站、上车，一个人群文明乘车的画面，让一些戴着有色眼镜的外国媒体失望了。

据统计，2018 年春运，动车组列车每天开行数量达 5600 余列，占总开行列车 8600 余列的 65%；动车组日均发送旅客达 500 余万人次，占日均总发送旅客人次的 60% 左右。高铁成为主力后，旅客平均旅途时间缩短，回家路程步伐更轻便。

2019 年，京张高铁、京雄城际、北京大兴机场段、昌

2021 年 11 月 11 日，李万君焊接转向架

赣高铁、成贵高铁、浩吉铁路等51条新线建成投产。投产铁路新线8489公里，其中高铁5474公里。线路多了，运力增了，旅客出行更快更方便了。

2020年，中国春运，中国高铁“万箭齐发”，高铁让中国春运更有效率，更舒适，更容易，更便捷。这一年春节期间，广州南站日均停靠动车列数高达800列，在客流高峰时段平均每分钟发出1.2列动车组列车，发车数量位列全国第一。

蜀道不再难行，内陆不再闭塞，边疆不再遥远。早在2017年9月21日，京沪线等完全由中国自主设计和制造的“复兴号”动车组跑出全球最高商业运营速度，运营时速350公里，最高时速可达400公里，比日本新干线列车和法国TGV高铁还要快，惊艳世界。“中国速度”正在刷新世界对中国高铁的认知，以“复兴号”为代表的中国高铁也凭借超乎想象的速度令世界惊叹，在一次又一次突破中展现新时代大国崛起的成熟与自信。

高铁网、互联网、北斗网——中国进入网世界。中国高铁跑出世界速度的背后，是中国高端装备制造的崛起。

显然，继“乒乓外交”“熊猫外交”之后，“高铁外交”正成为新时代中国外交的“金名片”。中国高速动车组主要有时速250公里、时速350公里两个速度等级系列化产品。产品出口澳大利亚、阿根廷、突尼斯、伊朗、孟加拉、斯里兰卡等几十个国家和地区。相比“乒乓外交”“熊猫外交”，“高铁外交”是中国第一次靠工业实力外交，是一张沉甸甸的名片。

第十二章 绝活儿

工匠总是精益求精，而把一件工作做到极致，就是绝活儿。

已故全国劳模、北京百货大楼售货员张秉贵，就是练就绝活儿的人。他有两大绝活儿：“一抓准”绝活儿——顾客要多少糖果他就一把抓，误差不会超过两块；“一口清”绝活儿——柜台里上百种糖果，顾客买完他不用算盘，就能把价格报出来，一分不差。

全国劳模、原山东省青岛港明港公司桥吊队队长许振超，他的绝活儿是：“一钩准”——码头集装箱上有4个锁孔，从几十米高的桥吊向下看下去，很难分辨，吊具放下去时在空中摆荡，许振超钩头起吊平稳，钢丝绳走“一条线”，一次把锁眼都对上了，把集装箱抓牢靠。

那么，李万君的“绝活儿”是什么？

李万君“绝活儿”之一：闻声辨焊质

由于多年经验的积累，李万君可以做到不需要用肉眼观察，只通过听声音就能辨别出这个操作者焊接质量的好坏。

在使用二氧化碳气体保护焊焊接过程中，会发出“吧嗒吧嗒”的声音。当工人调节规范得非常好的时候，“吧嗒”声是均匀而有节奏的，声音比较悦耳；反之，当电流和电压配比不好的时候，这个“吧嗒”声也会随之变化。李万君在多年的焊接工作中，积累了非常多的经验，他只凭借声音，就可以判断出操作者的操作是否规范合适。如果说电流过大，电压过小，焊接过程中就会形成段状的“噼里啪啦”的飞溅，声音就像机关枪一样清脆；如果是电流过小，电压过大，这时焊接反而会没有声音，但是烟尘会非常大，温度也会非常高，必须赶紧做出调整。

根据这个规律，李万君站在操作者身后十几米的地方，凭借操作者焊接时发出的声音，就能准确判断出操作者的焊接是否规范，并判断出焊接的质量优劣。

有一次，李万君所在车间的班长张庆哲找到他，请教他焊缝下淌是怎么回事。李万君过去一看，就明白了症结所在，告知这是电压调大了，温度太高。在场的同事们都半信半疑，正在这时，恰好十多米以外，一个焊工正在

2021 年 1 月 14 日，李万君展示“闻声辨焊质”绝活儿

进行焊接，李万君听到了如同机关枪一般清脆的“噼里啪啦”声，就跟大家说，这个声音代表着电流过大、电压过小，但这个焊工焊接完成的焊缝边缘不会淌流，而且焊接速度也会比较快。众人凑到这位焊工跟前一看，果然如此，这下子大伙更加对李万君心服口服了。

李万君“绝活儿”之二：微焊接

李万君能把极为细小的两根铁丝焊接为整齐的一根。要想完成这个技巧，时间和力度的把握都非常重要，非得有多年的工作经验才能完成。这是因为在焊接过程中，电弧的瞬间温度最高可以达到3000摄氏度，而我们知道，铁丝的熔点是1000摄氏度左右。也就是说，在焊接铁丝的过程中，只要有一毫一厘的操作误差，铁丝就会瞬间熔化消失。因此，焊接较细的铁丝，一直是对焊接工人技术和经验的一个极大考验。这个绝活儿正是李万君出色的手眼配合能力和高超的焊接技巧的证明。

在一次公司技术表演大赛上，李万君的表演项目就是把两根不锈钢焊条焊接到一起。众所周知，比较粗的焊条不容易在高温下熔化，所以更加容易焊接，而李万君当时焊接的是2根直径3.2毫米的焊条。最令众人吃惊的是，李万君焊接完成的焊条，周围竟是光滑的，就像天生的一整根焊条一样，基本看不出曾经焊接过的痕迹，非常漂亮。在场的人都纷纷惊叹，对李万君更加敬佩，因为这不仅需要恰到好处的手眼配合，更需要经年累月的反复练习。

李万君对此总结的规律是，焊接完成的一瞬间，一定

2011年11月1日，李万君焊完的焊件完美无瑕，被徒弟们用手机拍照收藏

要控制好两根铁丝的冷却速度，稍慢一点儿，铁丝就会被高温熔化。而且，在焊接过程中，两只手和身体都必须有支撑点和着力点，不能有一点摇晃和颤动，手的位置和铁丝的位置要互相配合。

李万君“绝活儿”之三：焊字书法

2010 年，长客公司举办全厂职工技能竞赛，需要工人们展示一些技能作品，来宣传企业文化。当时工会主席杨刚找到李万君，说想要让李万君焊几个字，本来想说用机械手焊，毕竟机械手快，而且输入程序后就能焊出非常标准的书写字体，但机械手焊字体现不出手工焊接工人的技能，所以杨刚想让李万君人工焊字，书写高铁工人的情怀。李万君一想这不正符合了自己抒发情怀的需求了吗？他决定就焊当时企业发展的口号“精艺之路”这四个字，于是，高高兴兴地接下了这个活。但是说起来简单，做起来难。李万君一开始想把字描在铁板上然后用焊枪焊，结果上焊枪一焊，高温下描的字都没有了，根本焊不了。后来琢磨了很久，李万君想到了一个办法，他先在铁板上按字的笔画用旋转锉挖沟，然后再用电焊把沟填满，这样字就出来了。

2014年，长客生产的产品已经出口到世界各国，为国家争了光。长客高铁技术也已经赶上了世界的先进水平。所以，这一次长客技能竞赛上，李万君焊的字是“技能报国”，这四个字也展现了中国高铁工人的爱国精神和高尚情操——用高铁为国争光，用高超的技能报效国家。

2016年，中国高铁技术从跟跑到领跑，职工的收入也大幅提高了，中国的高铁梦在长客工人手里变成了现实，李万君焊的铁字是“匠心筑梦”。

现在在李万君劳模创新工作室，摆着代表了中国高铁发展痕迹的这四套字——“精艺之路”“智慧之光”“技能报国”“匠心筑梦”，深沉厚重，字字千金，圆润和谐，气

2010年长客公司举办全厂职工技能竞赛时，李万君焊字“精艺之路”

2016 年长客公司举办全厂职工技能竞赛时，李万君焊字“匠心筑梦”

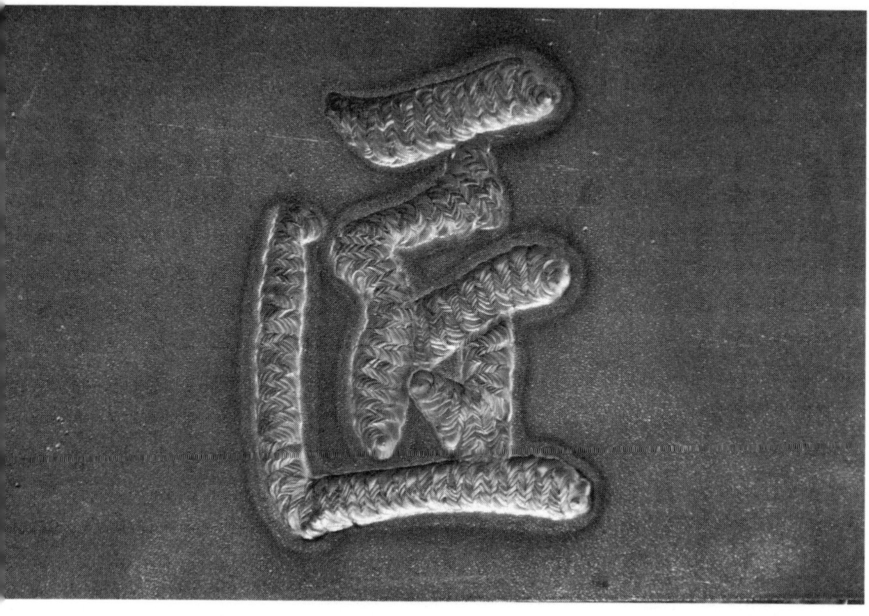

李万君的“焊字”是用焊枪“一笔一笔”焊出来的

势磅礴。焊枪作笔，铁板作纸，李万君是当之无愧的电焊“书法家”。

这四套字在竞赛展出之后，李万君舍不得丢掉，就把它们都抱回了自己的劳模工作室继续展示。后来，这四套字还被中央电视台导演选中，打包去过北京，在多个节目中精彩亮相，为全国观众所熟知。

李万君“绝活儿”之四：钢针吊汽车

2017 年，李万君接到了中央电视台《挑战不可能》栏目组的海选通知。

《挑战不可能》是央视推出的一档大型励志挑战节目，涉及对嘉宾技艺、体力、脑力、机械等多种类型的考验。这档节目旨在从人类最原始的“勇敢”出发，展现嘉宾们挑战自我的勇气和精神，而非仅仅单纯展示奇技和极限本身。栏目组的策划人员向李万君提议，这档栏目是由福特汽车公司赞助播出的，如果能把福特汽车用细铁丝吊起来，那绝对就是人人称赞的绝活儿。之前的“铁丝吊水桶”是将铁丝焊接在一起之后，再把铁丝和钢梁焊接上。现在改成了铁针吊汽车，钢梁就不能用了，需要变为用焊接后的铁丝再接一根钢针，用钢针悬吊起重达 2 吨的福特汽车。挑战规则要求李万君以立焊的方式，先将钢针一端焊接在车顶吊装的钢丝上，然后再将钢针的另一端焊接在车顶钢板上，形成受力结构。只要悬吊起 2 吨重的汽车保持 10 秒钟，就算挑战成功。

李万君前思后想了许久，决定将原来的装置改为钢针焊接钢针、上面再焊接一根一米长的铁丝，每根钢针直径还是 1.8 毫米。经过在实验场地的反复尝试，终于成功吊起了 2 吨重的箱子。李万君想着，既然这样能成功，为了达成“挑战不可能”的目标，他就将钢针又减掉了 4 组，经过反复练习，也挑战成功了。成功以后，李万君又不死心地往下减，减到 16 组钢针。经过一连串的测试，李万君发现 16 组应该就是钢针数量的极限了，这 16 组钢针正好可以承重 2 吨，再减掉其中任何一组都不行，而且，如果焊接时稍有不慎，产生长短不一的误差，就会导致受力不均，钢针就会立刻断裂。这确确实实是一个“不可能的挑战”！

激动人心的时刻到来了，轮到李万君上台挑战，李万君的父亲李世忠、徒弟王善更就在台后观看，此前台上连续的挑战失败，让整个舞台都充斥着不安的气氛，观

2018 年 1 月 23 日，李万君在央视播出的《挑战不可能》节目中，用 32 根 16 组长 15 厘米、直径 1.8 毫米的钢针，悬吊起 2 吨重的汽车

众都紧张得大气不敢喘。现场观众和电视机前的观众都在猜测：这点细钢针能把汽车吊起来吗？吊起来汽车能砸下来吗？

主持人先是宣读挑战规则：挑战规则为挑战者以立焊方式，先将32根16组长15厘米、直径仅为1.8毫米的钢针一端焊接在16根车顶吊装的钢丝上，然后再将钢针的另一端焊接在车顶钢板上，形成受力结构，悬吊起2吨重的福特汽车保持10秒钟，挑战即成功。

其实，李万君早就计算过，16根钢针承重2吨重的汽车，每根钢针平均受力为125千克，这是每根钢针受力的极限，16组长15厘米、直径仅为1.8毫米的钢针，有一根焊成“虚心”，不撑重都不可以，有一根因为焊接变短了都不可以，如果焊接时稍有不慎，产生长短不一的误差，就会受力不均，导致钢针断裂。

李万君最终在30分钟内完成16组钢针的焊接，每根钢针直径只有1.8毫米，对焊接的速度要求非常高，只有零点几秒，快了焊不结实，慢了熔化了。共48个焊点，李万君平均每分钟完成1.6个焊点。

扣人心弦的时刻到来了，见证奇迹的时刻到来了，李万君四两拨千斤，汽车被焊在铁板上的钢针稳稳地吊起了，主持人问轮子离地了吗？车轮离开地面，重达2吨的福特汽车被16组长15厘米、直径仅为1.8毫米的钢针拉着吊起来，李万君的父亲李世忠紧张得大气不敢出，徒弟王善更紧张得手心捏出汗，李万君看似平静的脸庞后面实则内心波涛汹涌。主持人率先紧张而兴奋地倒计时：10、9、8、7；几个资深的评委专家也坐不住了，站起来倒计时，6、5、4；现场的工作人员，除了摄像工作人员，全场起立，也紧张地跟着倒计时：3、2、1。倒计时结束，全场响起雷鸣般的掌声、欢呼声。

李万君挑战成功，福特汽车在空中稳稳停留了10秒钟！台下的观众和台上的主持人都被李万君所代表的大国工匠的卓越技艺征服了——现场掌声经久不息。人们把发自内心的崇敬献给李万君这位有着高超焊接技艺的一线工人。

第十三章 大国工匠

沁园春·工匠

华夏重器，万里铁轨，龙行天下。
五千年热土，盛世生辉；英雄出世，高铁逐日。
往昔春运，人山人海，亿万人民难团圆。
中国梦，焊铸钢筋铁骨，动车彩虹。
炎黄匠火不熄，沧海桑田多少匠人。
赵州桥李春，锯木鲁班；木牛流马，造纸蔡伦。
火车涅槃，工人力量，擦亮中国金名片。

劳动美，精益求精，大国工匠。

焊枪在手，人走枪走；望闻问切，眼不容沙；焊花四溅，无问西东；烈火熔化，刹那芳华。

兢兢业业埋头干，锲而不舍细钻研；精品转向架，安全走天下；焊天焊地焊自己，一焊就是三十年。

工匠精神不是一个口号，它是在同样的设备环境下，用职业道德、职业能力去提升产品品质。

所有人都在做事，工匠精神不是仅属于工人，而是属于所有人。工匠精神应该成为所有人的道德底线和技能基石。

你是糊弄对付过一生，还是严谨认真过一生？

在中国迈向工业强国的伟大时代，工匠精神必须更能体现国家气质。人无精神则不立，国无精神则不强。唯有工匠精神站得住、站得稳，一个民族的产品才能在世界商海洪流中屹立不倒、挺立潮头。

宰相必起于州部，猛将必发于卒伍。一线工人在车间、在工地摸爬滚打，淬炼成钢。用智慧和劳动，走向理想的彼岸。为弘扬“产业报国，勇于创新，为中国梦提速”的中国高铁工人精神，培育敬业专注、技艺超群、传承创新、担当奉献、不断追求完美和极致的工匠精神，把中国中车打造成为引领行业发展的先锋、中国制造的脊梁、永不褪色的“金名片”，自2017年4月起，中国中车工会开展了“高铁工匠”评选活动，最终授予李万君等一批优秀技术工人中国中车“高铁工匠”荣誉称号。工匠文化成为中国中车的行动，广大职工用匠心，做精品，干一行、钻一行，爱岗位、爱企业，当好中车工匠。

2017年4月19日，由吉林省总工会评选的首届“吉林工匠”名单正式出炉。“中国高铁焊接大师”李万君等10名德艺双馨的一线工人，从400万名吉林职工中脱颖而出，当选首届十大“吉林工匠”。李万君等当选“吉林工匠”后，在社会上引起强烈反响——“一线工人可以当吉林工匠，可以享受吉林省劳动模范待遇，太好了，我要像李万君那样，精于工、匠于心、品于行！”李万君为千千万万的一线工人树立了榜样，让大家明白，车钳铆电焊，只要扎根岗位干下去，都能做贡献，都能有自己的精彩人生。

2019年3月2日，一条新闻让吉林职工沸腾了，这是吉林省总工会同志做的又一条宣传工匠精神的新闻。

“吉林工匠”李万君当选2018年“大国工匠年度人物”

2019年3月1日晚8时，大国工匠2018年度人物颁奖典礼在央视综合频道首播。中车长客股份公司电焊工、吉林工匠李万君光荣入选。

由中华全国总工会、中央广播电视总台联合举办的2018年“大国工匠年度人物”发布活动自去年六月启动以来，各级工会层层组织推荐选拔，职工群众广泛参与。经过专家严格评审，从50位候选人中评选出10位“大国工匠年度人物”。

李万君先后参与了我国几十种城铁车、动车组转向架的首件试制焊接工作，总结并制定了30多种转向架焊接规范及操作方法，技术攻关150多项，其中27项获得国家专利。他的“拽枪式右焊法”等30余项转向架焊接操作方法，累计为企业节约资金和创造价值8000余万元。

李万君所获荣誉：全国劳动模范、全国优秀共产党员、全国五一劳动奖章、全国技术能手、中华技能大奖、2016年度“感动中国”十大人物、吉林省特等劳模。（訾波　崔艳娇　报道）

（《吉林新闻联播》2019年3月2日）

李万君当选大国工匠的这条新闻，刷爆了他的朋友圈。

而李万君当选大国工匠的事，还得往前半年说起。2018年6月，中华全国总工会、中央广播电视总台启动2018年“大国工匠年度人物”推荐活动，各级工会层层组织推荐选拔，职工群众广泛参与。组委会办公室经过认真审核材料、广泛征求意见、反复对比遴选，从推荐人选中初选出50位“大国工匠年度人物”候选人。组委会还在人民网、中工网及各级工会微博、微信发起为50位“大国工匠年度人物”候选人点赞活动。各地工会和全国职工积极参与，通过为年度人物候选人点赞，有力地弘扬了劳模精神、劳动精神、工匠精神，掀起了学习大国工匠、争当工匠人才的热潮。李万君先是成为50位“大国工匠年度人物”候选人之一，后又被全国网民点赞和评委考核进前10名。

2019年1月18日，《“大国工匠年度人物”颁奖典礼》在中央电视台录制。李万君还是老习惯，穿自己最喜欢的长客公司工装出席。由中华全国总工会、中央广播电视总台联合举办的2018年“大国工匠年度人物”发布活动，经过自下而上推荐、初选、评委会评选等环节，由30位相关

焊花闪闪 照亮李万君大国工匠之路

领域知名专家、著名劳模代表、资深媒体人士组成的专家评委会，经过严格评审，正式发布10位2018年“大国工匠年度人物”。

2019年3月1日，中华全国总工会和中央广播电视总台共同举办的《“大国工匠2018年度人物”颁奖典礼》在中央电视台播出。

在中国，像李万君一样的大国工匠将对工匠精神的理解，升华成为对祖国的无限忠诚，他们不断追逐梦想，接续奋斗，他们执着、勇敢、奉献、坚守，让中国站起来，富起来；他们敬业、求精、专注、创新，让中国强起来。

在追梦的行程中，我们表彰大国工匠，呼唤工匠精神，并不仅仅是对传统工匠技艺的传承，更是对一切职业精神的呼唤，是为了擦亮爱岗敬业，劳动光荣的价值底色，为中国制造强筋健骨，为中国文化立根固本，为中国力量凝神铸魂。

李万君对工匠精神的领悟，对徒弟传授的工匠精神、在外报告时弘扬的工匠精神、接受媒体采访时叙述的工匠精神，都是从数十年的实践中获得的。现摘录如下：

1. 把每一条焊缝焊好，把手中的产品，用智慧和技能不断地升华，最后达到极致，变成艺术品，我认为这就是工匠精神。

2. 蹲下身子，使出洪荒之力，把工件焊得天衣无缝！

3. 作为一个技术人员，放弃了技术，就等于放弃了一切。

4. 把一件事情坚持十年、二十年、一辈子做好，这是一种工匠精神！

5. 掌握高超的技能，才能在生产实践中发挥作用！

6. 世界在前进，有了高超的技能，还应该创新！

7. 外国人也是两个眼睛一个鼻子，他们能做到的，我们中国焊工也能做到！

8. 作为大国工匠，宁愿累死在车间，也不能被困难所打倒！

9. 在哪儿干都不如在自己国家干得开心、踏实、长远，有奔头！

10. 我的荣誉不是属于个人的，是属于中国千千万万工人的！

11. 啥活都得有人干，啥活干精了都会有出息。

12. 国家建设工业强国，制造业大发展，技术工人迎来最好的时代。

13. 一世专注，便是动人；一生专注，便是大师。

14. 心中有责任，手上就会有绝活儿。

15. 工匠精神的时代内涵——爱国、投入、智慧、技能。

16. 工匠精神就是最后达到极致，让产品走向世界，为国争光。

17. 工匠是干出来的，怎么干？撸起袖子加油干！

18. 从古人的诗词中学习工匠精神：咬定青山不放松，立根原在破岩中。千磨万击还坚劲，任尔东西南北风。

19. 青春易老，与其费尽心思让自己的脸蛋有颜值，不如静下心来，让自己的本领有颜值。

20. 不是社会上没工作，是你没本领，有技术才任性。

21. 一线工人没有那么多当官发财的机会，最实在的就是学精一门技术。会了数理化，走遍天下都不怕。用工匠精神做事，就是普通人翻身的机会。

22. 干啥都要用心。我小时候刻木头手枪，就想刻得和电影里的手枪一样；我养狗，练成半拉兽医，给狗打吊瓶；我当焊工，就 30 年一直研究怎么干焊接活。工匠是人心，心要静。

23. 精雕细琢为匠人，精益求精怀匠心，追求卓越成匠魂。

24. 守匠心，做匠人，树匠品，行匠道，走匠路。

25. 生活不易，每次技能学习机会都是缘分，每次工作机会都是历练，焊条用完就没了，人生虚度就老了，且焊且珍惜。

26. 战士拿步枪，焊工拿焊枪，都需要弹不虚发。

27. 温室养不出好花，温水煮死的是青蛙，年轻人要是天天享福快乐，可能就成为这样的青蛙。

28. 只要有技术，就不怕竞争和排挤。在排挤中，有技术的人，挤成豆腐，没技术的人，挤成豆腐渣。

29. 我就是一个平凡的工人，不是我厉害，是我生逢盛世。我在干一个伟大的事业——中国高铁；我处于一个伟大的时代——实现中国梦；我生在一个伟大的国家——中国。

30. 新设备、新标准、新工艺、新要求不断诞生，任何一个技术工人都要与时俱进，不断学习。没有永远的工匠，只有永远的新技术。

第十四章 工匠背后的故事

1987年职业高中毕业后，19岁的李万君进长春客车厂当青工，到2024年时李万君已经从事一线焊接工作37年。李万君用心去焊每一道焊道，每一道焊道都要均匀饱满，横平竖直，圆是圆，方是方，追求极致。但焊接工作，是一个有一定危险和对身体造成伤害的工种。

首先是对眼及皮肤的影响：紫外线（UV）和红外线（IFR）对眼及皮肤的损伤是电焊作业职业损害的一个重要方面。电焊工眼部症状明显增多常有报道，表现为电光性眼炎、慢性睑缘炎、结膜炎、晶体混浊等。过量 UV 暴露的主要损害为光敏性角膜炎，电焊工白内障与红外线接触有关。

火车水箱焊接，焊缝铁熔化和焊枪接触点温度达到 2000 多摄氏度，焊接就有焊花飞溅，焊花也有 1000 多摄氏度，飞溅到衣服上降降温，把衣服瞬间烧出洞，焊花再飞溅到人的皮肤上，也得有几百摄氏度的高温。李万君焊接 30 多年下来，浑身上下不可避免地烫了无数疤痕、大烫坑挨着小烫坑，数不胜数，胳膊上烫的白点，后来都增生。早些年他每周都会被烫一次，轻烫出疱，重烫出坑，脸上、脖子上、胳膊上都有烫伤，大多像火柴头大小，有的烫伤都摞上了。焊工挨烫时，都是还在焊接，焊接工作不能停，所以烫了也要坚持把焊件焊完。身无千斤担，谁愿浑身烫个遍？

正是千万个李万君式的中国高铁工人的默默奉献，才有今日中国高铁的世界第一。

烫伤烫洞终不悔，为车消得人憔悴。由于亿万个李万君式的中国工人的奋力拼搏，才有现在中国工业在全世界的赶超跨越。

且焊且烫，且烫且焊。李万君的手里是焊条和焊枪，

2017 年 4 月 23 日，李万君在焊接

胳膊腿上是烫伤，心里装有诗和远方。

干自己专注的事情，会让一个人元气满满。李万君焊起活来，眼睛里只有焊接活，焊条点到哪里，他的精神就集中在哪里，其他的都忘了，吃饭也能忘，防烫伤也能忘，烫伤了也不动，先把工件焊出来，若无其事地认真苦干。

焊工除了被烫伤，还有一个会出现的伤，就是被电焊打了眼睛。长时间不戴防护眼镜看电焊弧光，眼睛会被电弧光中强烈的紫外线所刺激，高温高亮度会给眼睛造成伤害，从而发生电光性眼炎，即平常所说的电弧光“打”了眼睛。电光性眼炎的主要症状是眼睛磨痛、流泪、怕光。电弧光辐射的危害最普遍。焊接产生的电弧光主要包括红外线、可见光和紫外线。其中紫外线能够通过光化学作用对人体产生危害，它能损伤眼睛及裸露的皮肤，引起角膜结膜炎（电光性眼炎）和皮肤胆红斑症等。被烫伤的痛和被电焊弧光打眼的疼痛不一样，眼睛是心灵之窗，眼睛受伤的疼痛更难受，所以很多大人都会告诉这些充满好奇心的孩子，不要去看电焊，会“打”眼睛。

工匠背后的故事之一：用妻子的乳汁，治疗被焊花打伤的眼睛

1996 年冬天，长春郊区的一间平房里，柴火在灶膛里烧得噼啪作响，炉火正旺，炕头滚烫。

一晃李万君的女儿奇奇 8 个月了，妻子苑红霞的奶水多，把女儿奇奇喂得又白又胖。吃不了的奶水太涨，有时需要挤掉。

李万君在车间一次焊水箱时不小心，被电焊弧光“打”了眼睛，上班时只顾得干活，也没在意，就是多揉了几

次，下班后，骑十多里回家，农村土路上，雪又大，越看路眼睛越难受，自行车还算够意思，没有掉链子，等回到家天也快黑了，东北的冬天白天本来就短，回家眼睛就不舒服，李万君看妻子带孩子一天天不容易，就什么也没说，只是用清水洗洗眼睛，等晚上 9 点多钟，李万君被电焊弧光打到的眼更痛了。妻子发现了李万君不对劲，就问他眼睛怎么了，李万君只能如实说眼睛被电焊打了。李万君忍痛躺在炕梢，大冬天的，也不能骑自行车到市里找医院看眼睛，只能硬挺。

女儿奇奇吃完奶，香甜地睡着了。

苑红霞突然想起老人们说的一个用奶水治疗电焊打眼的土方，就拿一个干净的小碗，挤出一些自己的乳汁，在锅里煮过以后，等凉了，放小碗里。让丈夫李万君躺炕上，她给李万君扒开眼皮，让李万君睁大眼睛别动，把小碗里的乳汁滴到被电焊打伤的眼睛上，再让李万君闭目养神一会儿，过几分钟再给李万君点乳汁，乳汁起到了减缓疼痛的作用，后来，随着症状的减轻，点乳汁的时间适当地延长。

妻子告诉李万君眼睛不要四处看，要减少眼球转动。

乳汁治眼，需要半小时点一次。那一夜妻子没睡个囫囵觉，醒了就给李万君点乳汁，一滴滴乳白色的乳汁滴到李万君有些红肿的眼睛上，又迅速滑到眼角，李万君闭一下眼睛，那乳汁就进到眼皮里了。经过一夜的治疗，到第二天，李万君的眼睛好多了；妻子的乳汁里有情有爱，到第三天，李万君的眼睛就痊愈了。

为什么用乳汁可以治疗电焊“打”眼睛呢？那是因为用人奶滴入眼内可以止疼，其原理是乳汁里含有丰富的营养物质，乳汁覆盖在角膜表面，其中的蛋白质填平了点状损害的创面，形成一层保护膜。

焊工是一个容易受伤的职业，是一个需要自我保护的职业，李万君在一次次培训弟子时，总不忘嘱咐他们注意安全，生产需要安全，生产必须安全。

伤痕累累，成就李万君的皮糙肉厚；焊花飞溅，成就李万君的金刚之身。

李万君喜欢听歌，喜欢汪峰的《光明》，仿佛代表了焊工经常被烫伤，有时寸步难行，但依然追求光明，走向远方的心境——

当灰烬查封了凝霜的屋檐

当车菊草化作深秋的露水

我用固执的枯藤做成行囊
走向了那布满荆棘的他乡

也许征程的迷惘
会扯碎我的手臂
可我相信未来会
给我一双梦想的翅膀

工匠背后的故事之二：学习少林寺和尚，练习站功

看过李万君现场焊接、电视直播焊接、高铁焊接工件的人，特别是从事焊接的同行，都会发出感叹。李万君的焊接仿佛信手拈来，又稳又准，力度恰当、尺度精准，弧度完美、直线笔直。这一绝活儿出自李万君的多年苦练。他焊接前不多餐、不多喝水，更不喝碳酸饮料，怕焊接到关键环节打嗝手抖。

宝剑锋从磨砺出，梅花香自苦寒来。李万君每天熟悉各种姿势的焊接操作。电弧烘烤，焊花灼烧，汗水浸润，加上俯仰、跪卧等不同姿势的反复实践，尽管吃尽了苦

2023 年 3 月 31 日，李万君累累烫伤化作枚枚奖章

头，但焊接技能却迅速得到了提高。

焊接的基本功就是下盘稳如泰山，动如蛟龙，需要的是焊工腰稳腿稳，无论是蹲着焊接，还是站着焊接，都要心如静水，人如磐石；焊接需要胳膊有力，举焊枪就像士兵举枪射击一样，要一点儿不能晃；焊接需要焊条点得

准，焊接的线要控制自如，要笔直得像格尺画出来一样。那时的李万君很瘦，人虽然机灵，但耐力也不够。花拳绣腿不能干电焊，必须有好体力、好功夫。怎么能有这样的基本功呢？

第二天，李万君想到了电影《少林寺》里面的和尚为了练习武功，就双臂举起木桶的水回寺庙，在少林寺练习骑马蹲裆式：好，向少林寺和尚学习，我也回家练习蹲马步，提高自己的焊接功底。

说干就干，这天下班，李万君在外面捡两块红砖回家，吃完饭，妻子苑红霞突然笑个不停，喊在写作业的女儿奇奇来看："奇奇，快来看，你爸练武功，要去少林寺当和尚了。"女儿嬉笑着跑来一看，也笑得趴在桌子上。笑够了，顺顺气，奇奇对妈妈说："我爸还需要剃光头。"

只见李万君身着短袖，穿大短裤，两腿分开，身体下蹲，练蹲功；双臂向前平端，练习臂力；右胳膊弯下面还坠半块红砖，右手拿一支奇奇练书法的毛笔，毛笔已经蘸水，在墙上糊的报纸上画横线，练手稳。每次练习 20 多分钟，画的笔道道也粗细均匀，要笔直。

内练一口气，外练筋骨皮。蹲马步的过程中能够使腰腹部以及骨盆位置的肌肉力量增强。胳膊就端得住，焊

2021年1月14日，为了保持焊接手眼稳定性，李万君在家通过蹲马步、画线条方式保持自己焊接基本功

得稳、准、适度。成为焊工中的“战斗机”，焊接王国的“焊武帝”。

工匠背后的故事之二：感动中国，投自己票最不积极的人

“感动中国2016年度人物”是由中央电视台《感动中国》栏目组主办的2016年度人物评选活动。经过广大网民

的推荐选举，吉林工人李万君入围，他是吉林数百万职工中第一个入选感动中国候选人的人。

2017 年 2 月，感动中国十大人物开始线上投票。最早是李万君的弟弟李万民发了朋友圈链接，呼吁亲戚朋友帮哥哥投票。李万君打开链接看到另外 19 个人，里面有两个人已经牺牲了，他说："不能选我！别号召亲戚朋友同学投票了，万民，人家才是感动中国人物，有的都为国牺牲了，我算啥啊，我不够资格，我就是技术工人，国家已经给了很多荣誉，我很知足了，选人家吧。"当时，李万君对成为感动中国候选人并没有感到激动，也对投票结果没有过多的期待。

长客公司工会，也号召广大职工为自己身边的模范人物投票，公司职工立即行动起来，为李万君投票。

中车集团知道后，号召集团职工为高铁职工的优秀代表李万君投票。虽然有亲戚朋友、公司同事的全力支持，但这些票毕竟还是少数，更多的票来自全国广大网民、群众的支持，大家真心喜欢中国高铁焊接一线工人李万君。

就这样，李万君的票数慢慢就上来了，2017 年 1 月，网络投票活动结束。最终，他获得了 2016 年"感动中国人物"这一称号。

第十五章 到清华北大做报告的一线焊工

劳模进校园，工匠上讲堂。

李万君知道，一个人浑身是铁，能打几颗钉？企业的振兴，国家的富强，需要无数技能人才，需要各行各业都具备工匠精神。为此，他挤时间到各地演讲、交流，致力于讲好吉林工匠故事，做工匠精神的宣言书，做工匠精神的宣传队，做工匠精神的播种机。

李万君多次参加劳模演讲，到各高校传播工匠精神。他先后去过厦门大学、西南交大、吉林大学、东北师大等高校。让他最难忘的是两次去清华、一次去北大，和师生交流工匠文化与成长感悟，传播劳模精神、劳动精神、工匠精神。

据清华新闻网报道：2021年5月31日，由清华大学基础工业训练中心党总支联合机械系部分研究生党支部和“领雁工程”小组开展的“不忘初心，弘扬匠心，技能成就中国梦”师生联合党支部共建暨改革开放史学习活动于李兆基科技大楼召开。活动邀请首届“大国工匠”荣誉称号获得者李万君作主题报告并开展交流。清华大学基础工业训练中心教职工，清华大学机械系机研163、201、182、162等研究生党支部的学生党员代表，清华大学“领雁工程”机械系、车辆与运载学院、精仪系、生命学院、医学院等研究生党支部党支书代表等共300余人参加活动。活动采用线上线下相结合的方式进行。

李万君结合自己的成长经历，从“树立理想，争做工匠”“无私奉献，培育工匠”“敢于担当，勇于创新”“忠诚企业，报效国家”和“用匠心实现中国梦”五个方面，讲述了改革开放40多年间，中国高铁事业在党的领导下的发展历程，通过讲座向清华师生传递改革开放及新时代的工匠精神。

李万君提到，不管从事什么工作，都必须怀揣远大的理想。“同学们一定要执着地追求自己的理想，无论怎样，一定会有收获。”李万君表示，每一个人都是新时代的见证者、开创者和建设者。我们应坚持工匠精神、劳模精神和劳动精神，精益求精地把手中的产品做好、做精，实现实业报国，为中国梦提速，共同创造幸福美好的明天。

在交流环节，现场同学就激光焊接在高铁车体中的具体应用方面进行提问。李万君表示，中国高铁的飞速发展

2021 年 5 月 31 日，李万君在清华大学做讲座

需要依靠新工艺和新技术，激光焊接在高精尖产品应用中具有广阔前景。同时，李万君激励同学们学好激光焊接技术，为推动中国高铁更好更快发展作贡献。

互动交流环节结束后，笔者与李万君共同向清华大学赠送手工焊字“清华大学”，并向图书馆和与会学生代表赠送红色书籍《大国工匠李万君》。

水木清华，工匠文化。2023 年 11 月 28 日，李万君第二次来到清华校园，参加“学习贯彻党的二十大精神——匠心筑梦、强国有我”主题报告会。

李万君结合自己的成长经历，讲述在党的领导下，中国高铁事业的发展历程及自己从一名普通焊工成长为我国高铁焊接专家，成为“中国第一代高铁工人”中的杰出代表。从“树立理想，争做工匠”到“无私奉献，培育工匠”，从“敢于担当，勇于创新”到“忠诚企业，报效国家”，李万君亲身诠释了用技能报国、匠心筑梦实现中国梦、高铁梦、个人梦的实践过程。李万君的工匠精神就是用智慧和技能把手中的产品不断升华达到极致，成为艺术品。

本场报告会向清华师生传递要珍惜当下，坚定理想信念、执着追求，把个人理想同国家的发展紧密结合起

2023 年 11 月 24 日，李万君在北京大学做报告

2017年10月18日上午在党代表通道接受中外媒体采访
PEKING UNIVERSITY
1898
北京大學
PEKING UNIVERSITY

来，在磨炼中成长，在拼搏中收获，要始终怀有工匠精神，以持之以恒的精神、精益求精的追求和永不放弃的态度，脚踏实地、锐意进取，让青春之花在时代的大地上绚丽绽放。

又据北京大学校团委报道：匠心筑梦，奉献祖国——全国优秀共产党员、感动中国年度人物、五一劳动奖章获得者李万君做客第二期“北京大学志愿大讲堂”。

俊采星驰，腾蛟起凤。2022 年 11 月 24 日下午，北京大学志愿大讲堂第二讲暨 2023—2024 学年志愿服务理论课在北京大学经济学院东旭学术报告厅举行，李万君受邀开讲。李万君与同学们分享了从初入工厂、茫然求索，到苦练技能、屡获嘉奖，再到服务国家、大展宏图的经历，用自己的故事诠释了劳动精神、工匠精神的真谛。

学子千千结，燕园京师情。李万君与北大青年分享自己的奋斗故事。为人当立志，管他春与秋。李万君职高毕业后进入工厂工作，在 1987 年至 1997 年从事客车水箱风缸焊接工作。焊接工作条件十分艰苦，环境寒冷、气味刺鼻，仅一年时间，一同入职的 25 人仅余 3 人。李万君也曾质疑自己、想过放弃，但在父亲的鼓励和全国劳动模范屈伟健精神的感召下，他决心坚持下去，打磨技术、苦练技能，立志成为一名优秀的工人。功夫不负有心人，经过几年的磨炼，李万君逐渐成长为一名技艺精良的熟练工，荣获各级表彰嘉奖——长春市焊工大赛第一名、全国焊工大赛第一名、中央企业技术能手……他动情地说道：“做工人并不是没有出息，恰恰相反，做一名有技术、有本事的产业工人一样受人尊敬。”李万君后来意识到，精益求精、尽善尽美才是新时代产业工人应有的抱负与追求。

守正创新，为国奉献。2005年起，全国铁路迎来第六次大提速，国家决定在长春机车厂制造第一辆350km/h的高铁原型车。面对新技术、高标准、严要求，李万君主动请缨、带头攻坚，以实际行动投入“大国重器”的研究中。面对高铁焊接中的种种难题，他坚持不懈、攻坚克难，先后带领团队解决了“和谐号”动车组转向架环口焊缝不熔合问题、“复兴号”动车组转向架侧梁扭杆座不规则问题等多个“卡脖子”技术难题，在高铁转向架技术上完成了从需要购买外国零部件到成功复刻外国零部件，再到提出新标准领先全世界的飞跃，大大提升了我国高铁的技术自主率和零部件自主率。

讲座的最后，李万君深情嘱咐广大学子，要努力拼搏、专注执着、争创一流，在未来为祖国的繁荣富强贡献

本书作者訾波（右）在拍摄采访完李万君后两人合影

力量。话音刚落，现场掌声雷动，同学们为李万君的工匠精神和爱国热情所感动，踊跃起身发言，表达了对李万君的敬佩。

笔者也向北京大学图书馆赠送了《大国工匠李万君》一书。该书荣获2021年国家出版基金项目，由吉林省总工会出品。该书详细描述了李万君的生平经历，是中国第一部全景式刻画大国工匠风采的人物传记。北大学子将在阅读李万君奋斗事迹和劳动风采的过程中持续获得感召，将北大青年的智慧和力量倾注于志愿服务工作与祖国建设事业。

珍惜博雅塔下美好时光，珍爱未名湖畔读书岁月，文心雕龙，匠心筑梦。“从李万君老师的故事中，我读懂了劳动精神、工匠精神的深刻内涵，爱岗敬业、甘于奉献、追求卓越也是我们应该努力做到的。”2020 级历史学系本科生张晋森说道。李万君的故事激励着北大青年提升自我、砥砺前行，将专业精神与大爱情怀相融合，担当起“强国有我”的家国使命与时代重任，不负时代，不负韶华。

第十六章 我爱你，中国

梅兰竹菊描画着中国的美景，笙箫管笛吹奏着中国的悠久历史，唐诗宋词代表着中国的灿烂文明，天安门前飘扬着亿万中国人的骄傲与梦想。

2003 年，吉林省组织本省的技术工人到日本去工作，当时一起去的一共有 4 个电焊工，日本的一间造船厂老板吉隆先生在招工的时候，一眼就相中了李万君。李万君去了日本从事船体焊接。

有一次，遇到一个高难度焊缝，吉隆先生找了一个焊工，那个焊工看了一下焊缝，遗憾地说：“还是找李万君吧。”李万君焊了一晚上，第二天日本检查人员检测完后在旁边画了个向日葵，说这是他们建厂以来最干净最漂亮的焊缝，于是整个造船厂200多个工人都知道从中国来了个高手，知道李万君焊接技术非常棒。后来只要他做焊接，就有日本人拿着焊帽过来学，看看他到底是怎么焊的。

2004年，回国的日子快到了，李万君高超一流的焊接技术、对焊接新技术的悟性、对工作的认真，都被日本老板看在眼里。有一天，吉隆先生把李万君请到办公室，郑

2018年10月11日，李万君在北京天安门观看升旗仪式后留影

重地说：“李桑，你回国的话挣不了这么多钱，这里的造船厂很需要你，请你留下来吧。”李万君觉得在哪儿工作都不如在自己的国家、自己的企业干得踏实、长远、有奔头，于是谢绝了吉隆先生的邀请，坚决回国。

回国以后，李万君匠心变忠心，对于高铁焊接技术的研磨更加忘我。

2005 年后，李万君陆续参与了澳大利亚、芬兰、日本、韩国、新加坡的工厂在吉林省招焊工的把关工作，他们来吉林省招焊工的时候李万君负责考试试件的打样，让参加考试的焊工知道各国需求的焊接技能，李万君高超的焊接技术和朴实的为人为外国客户留下了良好印象。

李万君这辈子就是干一件事：焊接列车。

三十多年过去了，李万君穿坏了几十件工装，磨坏了数百双手套，李万君每天上班平均需要用掉一包（就是 100 根）焊条，不算加班加点，按一年 250 个工作日算，一年要用掉 2 万多根焊条；李万君从事焊接工作三十多年，就是大概用掉 70 万根焊条。

焊花朵朵，件件转向架闪闪照亮李万君匠心筑梦；焊条无言，辆辆动车组默默记录李万君工匠之路。

一说起参加“新中国成立 70 周年庆祝大会”，李万君的眼神中就流露出了自豪与幸福之感，这段经历让他深深体会到，“中国梦”“高铁梦”与他自己的梦想紧紧相连，祖国的强大、人民的幸福，就是他最大的幸福。

2019 年 9 月中旬的一天，51 岁的李万君接到全国总工会、国家人力资源和社会保障部两家单位的共同邀请，参加“新中国成立 70 周年庆祝大会”。拿到邀请函，李万君激动万分。

2019 年 4 月 24 日，拍摄劳模快闪《我和我的祖国》，李万君等劳模带领全场高铁职工高呼：祝伟大祖国繁荣昌盛

2019 年 10 月 1 日，51 岁的李万君参加庆祝中华人民共和国成立 70 周年活动时在天安门留影

十月的北京，天高云淡，秋高气爽。看九州方圆，普天同庆，赤旗飘扬。

2019 年 10 月 1 日，庆祝中华人民共和国成立 70 周年大会正式召开。在本次国庆典礼上，国庆办从全国的劳模队伍中，选出的几位大国工匠将登上彩车，接受党和人民的检阅，李万君就是其中一位。那天清晨 5 点，李万君穿好工装、佩戴齐奖章，过了两道安检，走到了创新驱动方阵，登上了“复兴号”彩车。

国庆群众游行以时间为轴线分为三个部分，由约 10 万名群众、70 组彩车组成的 36 个方阵和 3 个情境式行进，沿长安街由东向西通过天安门核心区，以“自由、生动、欢愉、活泼”的形式进行情感表达。

在彩车群游中，载有李万君等著名劳模的创新驱动彩车让人“耳目一新”。整个彩车由三辆中型车构成，以“大国重器”为主题，突出“中国高铁”新名片。在进入天安门核心区时，“三车合一”组合成一辆大彩车，以“复兴号”整体形态通过。

一辆辆彩车满载着共和国的荣耀而来，而在这彩车上同享荣耀的，还有那一个个时代人物的代表。第 19 号彩车引人注目，这是由科技创新领域的代表组成的“创新驱动”方阵。

工业智则国家智，工业强则国家强。高铁、天宫、蛟龙，搭载着“天眼”“北斗”“C919 大飞机”“长征三号”“天河二号”等大国重器，驰骋在科技强国的征途上。三辆彩车在行进中首尾相连，组成一列高速飞驰的“复兴号”，驶向更加美好的明天。

有 3 名全国劳模、大国工匠在这辆彩车上，他们分别是中国航天科技集团第一研究院 211 厂班组长高凤林、中

2021 年 6 月 24 日，李万君（一排右六）参加吉林省职工庆祝中国共产党成立 100 周年红色经典演唱会

进新征程
成立100周年
会
全国先进工作

国中车长春轨道客车股份公司转向架制造中心焊工李万君、国网山东省电力公司检修公司带电班副班长王进。

“复兴号”与李万君有着千丝万缕的联系。作为公司首席操作师，李万君先后参与了我国几十种城铁车、动车组转向架的首件试制焊接工作。李万君站在彩车上激动不已。他忘不了与“复兴号”的初次接触——“2015 年，我们开始试制生产我国自主研发的‘复兴号’”。2017 年 6 月 25 日，“复兴号”正式上线。

李万君回忆道：“我为祖国的繁荣富强感到无比自豪。尤其令我特别骄傲的是，我能站在由中车研制，我和工友曾经亲手打造的中国高铁‘复兴号’动车组的彩车上，接受检阅。今后我们还要秉承产业报国、勇于创新、为实现中国梦提速的高铁工人精神，让中国高铁在世界上不断领先领跑！祝祖国繁荣昌盛！”

生逢盛世，不负韶华。李万君感到很自豪！现场共有 70 辆彩车，整齐划一，其中李万君所在的彩车——“复兴号”彩车，属于“创新驱动”方阵。他说自己当时心想：我们要坚持科技创新，坚持弘扬“工匠精神”，要在平凡的岗位上坚守，助推国家又快又好地发展。

缤纷的彩车一路驶来，向世人讲述着“建国创业”的砥砺艰辛、“改革开放”的激昂奋进、“伟大复兴”的希冀自豪，彰显“同心共筑中国梦”的深刻主题，形成一片欢乐的海洋，绘就一幅流动的风景画卷，彰显中华人民共和国从百业待兴到伟大富强的光辉征程。

站在彩车上是看不到阅兵的，不过却能看到受阅的空中梯队在头顶轰鸣而过。当“复兴号”彩车行驶到天安门广场时，李万君看到党和国家领导人在向创新驱动方阵挥手示意，大国工匠们也手持鲜花接受着党和全国人民的检阅。

中国人民有多拼，中国奇迹有多新；如果奇迹有颜色，那一定是中国红。火箭升天、蛟龙入海、动车驰骋，世界最长的高铁里程让天堑变通途。今天的中国，比历史上任何时期都更接近、更有信心和能力实现中华民族伟大复兴的目标，也比任何时候都更加需要科技创新。“中国号”巨轮已启航，迈向“直挂云帆济沧海”的美好未来。

春华秋实，铁龙驰骋，飞奔吧，中国高铁！

砥砺奋进，铿锵前行，自豪吧，中国工人！

站起来，富起来，强起来！腾飞吧，伟大的祖国！

岁月如歌，唱不尽中华儿女豪情万丈；再上征程，共祝愿伟大祖国前程似锦！

后 记

人物传记作品要求“真、信、活”，即真实性和文学性的统一，以达到对人物特征和深层精神的表达和反映。人物传记对历史和时代的变迁等方面的研究具有重要意义。

中国人物传记，写作源远流长，古代人物传记多数是为帝王将相立传。

摆在你眼前的这本书，则是一部大国工匠传记，旨在用大国工匠的琴弦，弹奏出新时代奋进的主旋律。如果您在阅读时心静如水，那么也一定会听到李万君工作时那滋滋的电焊声隔窗而来，唤起您儿时的制造情怀；那耀眼的电焊光破纸而出，照亮您远行的人生道路。

以工匠精神　创工匠之书

从2010年到2023年，本书作者以勤补拙，十三年磨一剑，无数次深入李万君班组采访拍摄，和李万君同吃食堂同劳动，熟悉焊接流程，走进工匠内心。

作者累计采访数十人，旨在全景式地展现大国工匠李万君的风采，全面、鲜活、艺术性地用文字和图片展现出新时代的模范人物。

古今传记，文字多，图片少；古人也知道图片在传记文学中的重要作用，就在传记中加入插图绘画，增加了传记的可读性、流传性和历史性。

如今是读图时代。作者是摄影爱好者，默默拍摄主人公李万君，累计拍了上万张照片，书中精选数十张，纪实的图片会说话，希望让读者直观地了解李万君。

以工匠精神写工匠，毋意，毋必，毋固，毋我。在写作过程中，笔者多次和李万君促膝长谈，对作品精雕细琢，精益求精。对李万君经历事件的时间、地点、职务、工友、证件、荣誉、数量等，都求证本人或找到原始材料，注重细节写工匠，咬住真实讲故事，经过严格考证，慎思之，明辨之。

天高飞鸿鹄，地阔跑高铁。不对付，不糊弄，保原创，保像素，为了拍摄中国高铁之大气磅礴，翻山越岭找机位，只为定格一辆辆高铁逐梦飞驰的美丽身影。

由于本职工作多，作者只能大量地利用周末、节假日和夜晚进行“闭关”写作，当上“坐家”，醉里挑灯看电脑，梦里工匠故事尤缠绕。天不老，情难绝，心有千千结，满眼是高铁。记忆深处飘过鲁班、蔡伦、张衡、沈括等，古今多少匠，都在键盘中。多少次每写完一段工匠故事，望窗外，东方欲晓。

是大国工匠写作了本书

怎么让人物鲜活？怎么让人物真实？

为了避免人物传记中的李万君和生活中的李万君的“两层皮”，本书在写作中对主人公进行了大量的面对面采访、电话采访，每写几章就交给主人公修改核实；甚至可以说，某种程度上李万君也是本书作者之一。本书一直在用李万君的工匠之路创作，用李万君的工匠思想写作，探秘李万君心灵深处的那团工匠之火。由于李万君的深度参与创作，本书能够实现有错必究，不拔高，不脱离车间实践，不人为树立“高大上”，所有荣誉都如实表述。让主人公栩栩如生，既横刀立马焊高铁，金瓯无缺；又食人间烟火，亦有几多儿女情长。

李万君是本书的第一个读者，也是本书的校对者；本书的第二位读者是一名老同志，他就是李万君的劳模父亲李世忠。

一本不完美的书

不懂高铁写高铁，不会焊接写焊接。在专业性上，一定是有错的。作者临上轿现扎耳朵眼儿，虽然读了一些专业书籍，但也是照猫画虎地写高铁。

书到用时方恨少，事非经过不知难。本书在写作时参考了中国中车职工读物、国内主流媒体报道、长春客车厂厂志等，李万君、杨旸也提供了大量图片。在此一并致谢。

晨兴理荒秽，带月荷锄归。本书几易其稿，总算有个书的模样。披沙沥金写匠人，屡败屡战绘匠心。由于作者水平有限，站位不高，拙著中难免错误百出，诚惶诚恐，如履薄冰，不当之处，敬请斧正。

俱往矣，古有夸父逐日，今有万众筑梦。高铁天行健，天涯若比邻。飞奔吧，中国高铁！飞奔吧，那华夏传承千年的工匠精神、工匠情怀、工匠气概。

于长春，2024 年 1 月